KOIZUMI YAKUMO

小泉八云

吉林出版集团有限责任公司

东方之魅

胡山源　译

图书在版编目（ＣＩＰ）数据

　　东方之魅 /（日）小泉八云著；胡山源译. —长春:
吉林出版集团有限责任公司，2011.7
　　（草月译谭）
　　ISBN 978-7-5463-6064-5

　　Ⅰ.①东… Ⅱ.①小… ②胡… Ⅲ.①散文集－日本
－现代 Ⅳ.①I313.65

　　中国版本图书馆CIP数据核字(2011)第143482号

东方之魅

著　　者	[日]小泉八云	
译　　者	胡山源	
出 品 人	周殿富	
创　　意	吉林出版集团·北京汉阅传播	
策　　划	猫头鹰工作室	
责任编辑	周海莉 陈 㻤	
装帧设计	未 氓	
开　　本	650mm×960mm　1/16	
印　　张	13	
插　　页	2	
版　　次	2011年9月第1版	
印　　次	2016年6月第2次印刷	

出　　版	吉林出版集团有限责任公司
发　　行	北京吉版图书有限责任公司
地　　址	北京市宣武区椿树园15—18号底商A222
	邮编：100052
电　　话	总编办：010-63109462-1104
	发行部：010-63104979
网　　址	http://www.jlpg-bj.com/
印　　刷	北京航天伟业印刷有限公司

ISBN 978-7-5463-6064-5　　　　　定价：29.80元

前　言

　　现如今，对于大多数中国读者来说，"小泉八云"已经是一个早已被遗忘的人名了。与和他生活在同时代的作家们，如陀思妥耶夫斯基（1821—1881）、马克·吐温（1835—1910）、莫泊桑（1850—1893）等相比，他的知名度就几乎为零了。在英语文字圈里，他仅仅是19世纪浪漫主义流派中的一名小作家，人们印象中一个报道异国风情的记者而已，而在日本，小泉八云作为《怪谈》、《古董》的作者深受人们喜爱，他是"浪漫的诗人"，是"风格多变的文人"，是"最能理解大和之魂的外族人"。作为西方人，小泉八云的文字却深得东方的意境，这也许是只有艺术家才能有的心灵。小泉的文字疏懒，在日本的作家中，有这种末世颓丧风格的也不过就是川端康成、谷崎润一郎、永井荷风等少数几个人而已。

　　"小泉八云"原名拉夫卡迪奥·赫恩（Lafcadio Hearn），生于希腊，长于都柏林，学于英法。二十岁时到了美国，曾当过新闻记者，在美国各大城市漂泊数年之后，1889年，三十九岁的拉夫卡迪奥·赫恩作为纽约哈泼兄弟出版公司的特约撰稿人前往法属西印度群岛担任特约通讯员，他在热带海岛上生活了两年，用收集到的材料写成了一本《法属西印度两年记》，并在这期间接触了东方文化，萌生了游历东方的兴趣。

　　当时，维新变法后的日本逐渐引起了欧美的关注。1890年，《哈泼斯杂志》聘请他到日本担任自由撰稿人，四十岁的赫恩去了日本，他在撰稿同时，前后在东京帝国大学和早稻田大学任教，并和日本人小泉节子结了婚。1896年，拉夫卡迪奥·赫恩选择归化日本国籍，还给自己起了这个很有日本意味的名字——小泉八云（从妻姓小泉）。

　　从1890年赴日本到1904年去世止，小泉八云在日本生活了十四年。在厌倦了西方文明的冷酷、贪婪与伪善的同时，他也预见了"东方文明的力量"也许将风靡世界，正因为如此，这个东方国家就像前世与他结了缘的"乌托邦"。

　　日本似乎是小泉八云灵魂宿命里的故乡，他一到那里，便熟知了日本的一切，他不仅向西方介绍了日本的宗教信仰、风俗习惯，而且向西方揭示了日本的心——远东民族的心。他对日本的平民阶层特别有亲切感，他深深明白"那些披着蓑衣戴着斗笠、耕田养蚕的农夫才是这个奇异的帝国的基础"。同时他看到了明治时期不得不投身于欧化的汹涌浪潮中日本人的苦恼与烦躁。他的一部部描绘日本"原野风景"的作品，作为用英语写下的明治文学，作为洞察近代日本人精神世界的历史记录，作为触及了深层民族体验的个人与历史的对话，至今仍具有现实意义。但是我们也需看到小泉八云的文字是具有主观性的，他的文章在解读时已经深深地带上了近代日本历史性的、社会性的印记，因而作家的声音在不知不觉中被冲淡了。他的作品中对日本文化过度赞誉以及对日本之"独特性"的鼓吹，为日本帝国时期的国家主义、民族主义发展起到了重要的推动作用。

《东方之魅》这本书共收文13篇（附录一篇观点摘录的《关于日本人》），这些文字是小泉八云在"归化"日本后所做文章，其中部分初发表于日本《文艺春秋》杂志，后由儿玄书店的落合贞三郎于1928年编辑成《日本与日本人》一书（国内由商务印书馆1930年11月出版），其余文章则散见于其他书刊。本书内容不仅涉及日本，更涉及整个远东地区，其中更有几段专论中国，小泉八云对东西方文明都有较为深刻的认识和精辟的论断，其中很多已为历史所应验，而有些说法至今仍有借鉴意义。

2010年8月7日写于津门

目录

日本与日本人

柔　术

一

　　在那国立学校的广场上，有座房子，建筑方面，和别的房子不太一样。除了上面装着平滑的玻璃窗不用纸窗之外，可以说它是地道的日本式建筑。它形长而阔，只有一层；里面只有一个大房间，高高的地板，厚厚地铺着百十条席子。它有一个日本称呼，叫做"瑞邦馆"（Zui-ho-kwan），在它的入门处，有几个这样的中国字写在那一个小小的匾额上，是一个天潢贵胄北白川宫能久亲王的手笔。里面没有家具，除了挂在墙上的另外一个牌匾和两幅图画之外，什么东西也没有。一幅图画画着那有名的十七位勇敢少年，在内战时自愿为国尽忠的"白虎队"。另一幅图画，则是那年高又为人所爱戴的，中国文学教授秋日胤永翁的肖像，在他少年时，是一个非常有名的战士，那时一个人要成为一个军官或是绅士所需要的条件，比现在要困难得多。匾额是胜海舟伯爵亲自手写的"入神致用"四个中国字。

可是在这个空旷的地方，教些什么呢？原来是那些所谓柔术的事情。那么什么是柔术呢？

在此，我必须首先声明，我对于柔术什么都不了解。学习柔术的人，必须从小就开始，需要研究得很长久，然后，才能学得好。要成为一名专家，就需要七年工夫不断地锻炼与学习，甚至要能预料得出一种经过特别的自然趋势。我不能说柔术的详细情形，但是对于它的主旨要提出几个大概的特点。

柔术是古时打仗不使用武器的武士道。在从来没有学过的人看来，就好像是角力。即使当柔术正在瑞邦馆里实习的时候，你进去参观，你就能看见一群学生，对付着十或十二个敏捷的青年同伴，光着脚，裸露着四肢，在席子上互相扑击，那种死气沉沉的安静，也许要让你觉得很特别。不说一句话，没有一些当做玩意儿的神气，谁也不轻易笑一笑。绝对的冷静无感觉，是柔术学校的规则严严地要求的。可是大概就只有这种冷静无感觉，这种多人的无声才能给你留下一个特别的印象吧。

一个西方角度广泛的人，也许就要见得多些。他也许看得见那些青年都很在乎地在发出他们的气力，而他们的把握、抱持和投掷，都是特别而厉害的。他也许无论是怎样的留心，也要断定这所有的施展是危险的游戏，或者他就要劝说他们采用西方的"科学的"规则。

　　然而实际方面——不是那游戏——比一个西方角力家看见了而可以想到的，还要危险很多呢。在那里的教师，看起来似乎是瘦弱的人，却可以使一个平常的角力者，在两分钟之内一败涂地。柔术不是一种炫耀的技能；它也不是要把本事宣布于公众之前的练习。非常正确地说来，它是一种自卫的技能；它是一种战争的技能。精于此道的人，一时之间，就可以将一个没有经过训练的敌人，置之于完全无能之地。他用着若干恐怖的方法，会突然地使人的肩胛脱骱、骨节分离、筋皮扭伤，或是骨头折断——让人看不出他一丝用力之所在。他不仅仅是一个运动家，他简直是一个精于解剖的学者。他同样知道一触即杀死人的方法——就如用电。不过他立誓不会把这种危险的知识轻易施用，除非是在差不多不可以滥用的时候，依照传说，这样的本领，只传给那种有完全自知之明，而又道德纯净无瑕的人。

　　然而我让大家重视的事实，乃是柔术的专家，向来不依赖自己的气力。他难得在最大的紧急中，才用他本有的气力。那么他用些什么呢？不过就是他敌手的气力。敌人的气力就是战胜敌人的唯一方法。柔术的技艺，教你只需要借着对手方面的气力，就能获胜；他的气力越大，他就越倒霉而你越得法。我记得有一次，最著名的柔术教师中，有一个人[1]告诉我要教授一个真正强有力的学生，确实是极端困难的事

————————

　　[1]　当时之五高校长嘉纳治五郎。数年以前，嘉纳曾将一篇讲到柔术历史的文章投给 *Transactions of the Asiatic Society*。

情，我觉得很是奇怪，因为我想起来，那种学生当然是非常好的了。我问他缘由，他说："因为他靠着自己巨大的筋肉之力，而用着它。""柔术"这个名字确实是以"依顺而得胜一"（to conquer by yielding）的意思。

我怕我不可以完全解释得出；我只好设想。无论是谁，都知道"还击"这名词在拳术中的意义。我不可以把它正确地比喻出来。因为那还击的拳术家，总是对敌手的动力加以全力应付的；而柔术的学者，则非常清楚地只从反面着手。在拳术的还击和柔术的依顺中，却仍归还有相像处——就是那吃苦的，双方面都是那不可以自己管束，而一味向前蛮冲的人。那么我能宽泛地说，在柔术中每一扭、挫、挽、推或曲折，都有点还击的意味；只有柔术专家对于这些动作是完全没有反抗的。不然，他只会顺从于它们。可是他所做成的，却远远超过顺从它们之上。他用一种狠毒的手法帮助它们，它们就使那敌人甩脱他自己的肩胛，折断他自己的臂膊，或是在厉害的情形中，甚至折断他本人的颈项或背脊。

二

虽然以上的解释，非常的模糊不清，但是你已能看见，柔术的真正奇特之处，并不是那些专家的最高的技巧，而是那所有技术所表现出来的东方思想。永不以力抗力，只会使攻击之力加以导引和利用；制伏敌人，完全用他自身的气力——那就是通过他自己的努力，打败他自己。西方人的头脑，对于奇怪的教训，又有什么作用呢？的确没有什么！西方人的心思，是在简单直线上活动的；而东方人的心思，却在奇妙的曲线和圆上。可是这又是何等漂亮的理智象征与打倒暴厉势力的手段呀！柔术远超出了防御科学之上：它是一种哲学的准则；它是一种伦理的准则（的确，我忘记没有说，柔术的训练，大部分都是属于纯粹道德的）；而非常重要的，它是一种种族天性的表现，为那些梦想在东方扩张势力的列强所无法清楚觉得的。

二十五年之前——或许还要近些——外国人总要借着种种理由，预言日本不但要效仿西方的衣着，还要学习西方的风尚；不仅是我们的交通方法，还有我们的建筑要旨；不单我们的工业和应用科学，还有我们的形而上学与我们的理论。有部分人真的相信，日本国就会公开给外国人殖民了；西方的资本，就会享受特权，帮助他们发展种种天产了；甚至还相信只要用天皇的敕令布告全国，听从我们所说的基督教。但是这些相信，实在很是不了解那种族的性格——它的较深的能力，它的长远的目光，它的独立的旧有精神了。没有人对日本柔术训练加以一刻的幻想：的确在那个时候，西方还没有人听说过柔术。

可是那完全是柔术。日本根据法国和德国的最好经验，实施了一种军制，结果它就可以召集一个有训练二十五万人的军队，并且有猛烈的炮队辅助着。他们创造了一个强有力的海军，有几条世上最好的战舰——把它的海军制度，依照着最好的英国式和法国式。在法国式的指导之下，它给自己造了好些兵船厂，制造或购买很多船只，将它的出产，运送至朝鲜、中国、菲律宾、墨西哥、印度和太平洋的热带各个地方去。它为了军事和商业的需要，建造了将近两千里的铁道。又借着美国和英国的帮助，它建设了最廉价，或者也是最灵通的邮电业务。它建造了很多卓越的灯塔，据说日本的海岸，在两半球比起来，是最光明的；它使一种信号的服务实行起来，不会比美国的有什么不及之处。它又从美国获得了一种电话制度和最好的制造电灯方法，它从德国、法国和美国的最好结果加以详细研究，形成了日本的公立学校制度。不过另有规条，让它可以和它自己的创作完全协调。它照着法国为标准，建立了警察制度，不过使它可以和它自己特殊的社会要求有绝对的一致。起初它为了它的矿藏、它的工厂、它的军械厂、它的铁路，运进了很多机械，又雇用了许多外国专家学者，现在它正在开除着它所有的教师。不过它早已所做的，和现在正在做着的，盈纸累幅也提不尽。总而言之，我们可以说，我们的工业，我们的学术应用，我们的经济、财政和法学的种种经验，所体现出来的最好地方，日本都选择了、采纳了，它只在各方面把最好的效益加以利用而把它的所得，一贯修正，让其适合着日本自己的需要。

现在在这种种事情中，日本的采取，完全不是为了什么仿效的原因。在另一方面，它却只证实了，取用着那些可以帮助日本发展势力的事情。日本已经使它自己，能够实施所有的外国专门教育；而在日本自己的掌握之中，则用严酷的立法，将日本所有的天产都牢牢地保守住了。但是日本"没有"采纳西方的穿衣、西方的生活习惯、西方的建筑，或西方的宗教；因为这些事物中无论哪一种，尤其是宗教，传入了只能减少而不能增加日本的力量。不管日本的铁路线和汽船线，日本的电报和电话，日本的邮务和日本的货运公司，日本的钢炮和火枪，日本的大学与专门学校，日本今天还保留着一千年前的东方色彩。日本已经可以自己保留，也可以尽量地利用敌人的力量。日本以前是，现在还是，给那理智上自卫的最可崇敬而又难得的制度，所保卫着，也就是一种令人惊讶的全国柔术。

三

我的面前放着一本三十年前的手册，里面有许多相片，是日本试行外国衣着，与种种外国制度时所拍摄的，都是武士或诸侯的照片；有很多都是具有历史价值的，因为可以看出外国的吸引力对于本国的习俗在开始的时候有些什么影响。

武人阶级，很自然地成了那些吸引力的随从者；他们似乎曾做过几次惊异的试验，想要把西方和东方的衣着，加以调制。有一沓以上的相片，表示着仆从如沙的诸侯——都穿着他们自己定制的特殊服装。他们有用外国衣料制作的外国

样式的外衣、背心和裤子；可是在外衣之下，那细长的丝
带，照旧是束着的，不过就是为了可以插刀剑［因为武士
们在文字意义上来讲，并不是"悬挂刀剑者"（traineurs de
sabre）；他们那些硕大而又精致的武器完全不是因为悬挂在
身旁而造的——而且从多方面来看，若然要和西方人一般的
方式带着那就太长了］。缝衣的布是大呢；但是武士不愿意
放弃他的"纹饰"，他想尽办法，将它作为一种徽章，在他
奇怪的衣服上采用它。有一个人穿着两襟用白绸做的服装；
他的家族徽章，在那绸衣上，或是印染或是刺绣，有六处能
看得出来——每襟有两个纹饰。所有的男士，或者说差不多
所有的男士，都在欧洲的表面上挂有好看的饰物；其中有一
个人很奇异地看着他的时计，也许他拥有这样东西的时间还
不长吧。大家都脚蹬西方的鞋子——两边有弹力的鞋子。不
过似乎还没有人戴着那极其讨厌的欧洲帽子——可到后来便
立即风行一时了。他们依旧戴着"阵笠"——一种坚木的头
饰，涂着好看的颜色。在他们怪异的衣着之上，就只有这
"阵笠"和绸带是能令人满意的部分。裤子和外衣都穿着得
很不漂亮；鞋子是在那里发作着慢慢的痛苦；种种的穿着，都
显出了形容不出的寒碜褴褛、瑟缩不自由来。他们不但觉得不
舒服，他们也很了解这不很漂亮。不伦不类的样子，又好气但
是又很是好笑；他们既不好看而且也痛苦。那时的外国人，还
可以说日本人在当时的穿着方面是永远有兴味的吗？

　　另外的相片，显现出了外国吸引力特别奇异的结果来。

有许多不愿意采取西方式的武士，却都愿意用最厚而且最贵的英国大呢，制成了"羽织"（外套）和裙子——那斤两是很沉，又没有弹力，绝对地不适合这种用场。你也可以见得所有的折痕没有烫过，一会儿便会平复了。

将这些相片——翻过，看到了少数的保守派，并不发着趋新的狂热，只终究维持着他们本有的武士装束，在审美方面，真正使人满意。这里骑上穿着的"长裙"——同锦绣灿烂的战甲"神衫"——和"裃"（旧式礼服之一种）——和罩甲衫——和整个身体的甲胄。这儿也有各式各样的冠冕——怪异而动人的头饰，古时高级的亲王和武士，遇着国家大典时才戴的——用轻而黑的材料制作，和蛛网一样的奇异组织品。在这里面，有着那尊严、漂亮，或者战争的神威。

可是全部的东西，都为这手册中末了一张相片所淹没了——那是一个俊秀的少年，戴着一只目光闪闪的苍鹰——是穿着封建战国时期的完全华服的"松平丰前守"。一手执着军中统将所拥有、上有缨穗的令箭，一手放在精美的剑柄之上。他的头盔是一个发光的奇物；胸前和肩头的铜甲是在那西方各博物院中有名的甲胄匠所制成的，甲上的绳索都是金色，一件厚缎的战袍——遍绣着金光闪闪的波光和龙影——由他那穿着甲胄的腰间飘垂到脚背，像极了一件火焰袍。这不是梦境，而是事实！——我向这个中世纪生活中如火如荼的真正人物看得呆了！他在他的铜甲和柔丝与黄金中，怎么发着烨烨的神光，好似那五彩缤纷的甲虫呀！——

不过是一只战争的甲虫，头角峥嵘，叱咤风云，并不是卖弄着什么珠光宝气，错彩镂金！

四

自从"松平丰前守"所穿的封建服饰，典丽乔皇，以至变法时期所打扮的不伦不类，多么大的一个堕落呀！确实，本土服装和对于本土服装的兴味，从此都好像要消灭无余了。甚至朝廷之上，也暂且地采用了巴黎衣式，质疑于日本全国就要换服的，只是少数的外国人。这也是事实，在重要的城市里那曾经在欧洲画报中出现过，使人都相信，美丽的日本被遍是毛茸茸的绒布、烟囱一样的帽子，和燕尾的服式所充满，对于西方时尚的狂热，于是乎便开始了。可是在现在的京都里，一千个路人中，你才难得看得到一个着西装的人，除了那穿制服的士兵和警察以外。从前的狂热，的确代表着一种民族试验；那试验的结果并没有如西方人的期望。日本已采用了好几种加以卓越修改的西方制服①，以为日本的陆军、海军和警察之用，只因为这样的服装对于这些应用是再好不过的，外国的官服也已为日本官家所采用，可是只是

---

① 日本的步兵使用皮鞋，好像是日本在这方面有非常严重的错误。那些少年人，穿惯草鞋，从来不晓得我们所说的鸡眼等事，都为这种不自然的桎梏所困惑着。不过在长途行进的时候，他们能穿着草鞋；说不定这样的桎梏终有改变的那一天呢。穿着草鞋，即使是一个日本小孩子，也便可以一天走上三十里，不觉得倦乏。

在里面用近代写字桌和坐椅的西方建筑的住房里，当他们还在工作的时候才穿上它们。[①]在家庭之间，那么甚至是陆军大将、海军大将、审判官、警视监，都穿的是本国服装，最后只有初级小学里的教师和学生要穿着制服，因为那种教育的训练，一部分是军事的。然而这种曾经非常严厉的拘束，现已相当的解放了；在许多学校里，只有在上课间操时或是什么仪式的集会时，才会有拘束之必要。所有九州校园里，除了师范学校之外，学生们都能自由穿着他们自己的衣服、草鞋和大草帽，只要是不在整队游行时。可是下课之后，则不论教师、学生，就都舒舒服服地穿着他们本来的衣服和白绉纱的带子。

总而言之，日本已经非常好地恢复其本国服装了；希望日本再不会丢弃它。并不是因为它很适合于家常的穿着；或者也为了它是最庄严、最舒适，而且世上最合环保的。的确，本国的时尚，在明治维新时期已是比以前各时代改变了的；可是这大概是为了武人阶级的革除。在形式方面，改变得还少；在颜色方面，那就大了。喜爱的性格，仍然在他们穿着丝绸或羊毛织物的衣服，喜欢有漂亮的颜色和新鲜的花样这事上显现出来。不过颜色比了上一代所穿着的要暗淡些——全国款款不同的服式，连小孩和少女的漂亮衣裳也在

---

①　有一个受过高等教育的日本人之前对我一个朋友讲过："实在我们很不喜欢西方的服饰。我们暂时地采用它，不过像几种畜类在一定的时令变换一定的颜色——认为有保护之用。"

内，都比了封建时期要严肃得多。所有古时辉煌灿烂，绚彩夺目的衣服，从此消灭了；现在你可以在戏馆里，或在印着日本古典戏剧的华丽的画中，它们是保留以往的，你还可以看见它们。

五

真的，要放弃本国服饰，或许就要改过本国的所有生活习惯。西服对于一个日本的内地，完全不适合；也许要让穿着的人，在蹲坐或跪坐时，感觉到极其的痛苦或困难。西服的采用，因此就必须要引起西方家具的采用；家庭中就必然要有休息的椅子、饮食的桌子、取暖的手炉或壁炉（本国服的温暖，确实用不到这些西方的舒适器）、地板上的球子、窗子上的玻璃——总而言之，就必须要有他们向来没有而生活过得很好的种种奢侈品。在日本人的家庭中，并没有什么家居物品（按照欧洲人所谓家具的意思）——没有床榻、桌子、坐椅。也许有一件小的衣橱，或者可说"书箱"，或许常常会又有两个大抽屉藏在壁橱里，用帘子掩着；可是这些物品，完全不像什么西方的家具。通例，在一个日本人的房间里，你看不到有什么别的，只有一个点火吸烟所用的青铜或白瓷的小火钵，一个按照时令跪的席或垫子，再加壁角里的一幅画或一个花瓶。千百年来，日本人的生活都是从地板上过的。软如蒲团、净无纤尘的地板，立刻之间能作为卧榻餐桌，用得最多的是作为写字台，虽然也有着尺把高的，小小写字台。这样的生活习惯，既如此经济，当然谁也不会相信他们，要有被人放弃之一日，尤其是人口增长，而生活竞争继续扩张的时候。这也应该记住的，一个程度很高的文明民族——就好似日本人没有受到西方人民侵略之前——尽量按照祖先的习惯，而超出了仅仅仿效的精神，在以前是没有的。谁想象日本人不过是个效仿的民族，那就想象他们是野蛮的人了。但事实他们完全是不仿效的；他们只是同化与适应，按照天性的程度来同化与适应。

仔细研究起来，防火建筑材料的西方经验，以后会在日本城市建筑变化中得出必要的结果，那是可信的。东京有几处地方已经有了砖屋的道路了。但是这些砖屋里面都是古式的铺席的；住客们也都按照他们祖先的家庭习惯。将来用砖瓦或石头的建筑，不一定是西方建设的仿效，发展着新的并且又别有韵味的纯粹东方色彩，乃是差不多一定的事。

谁承认日本人对于西方的事物都是盲目地崇拜的，谁到了他们开放的沿岸，就会觉得的确比内地各类事物中，纯粹的日本式事物要较少些（除了古董以外）：较少的日本建筑，较少的本地服饰礼让和风俗，较少的本地宗教和庙宇。可是实际方面却完全相反了。外国式的住宅，通常只限于外国人的居留地，只为外国人所使用。例外的，不过是防火的邮务局、税关和一些酿酒厂与棉纱厂。日本式的建筑不但在这些通商口岸都很精致地显示着：它甚至比了在任何内地的城市里，还显得格外的要好。那些房屋当然是增高了、加宽了、扩大了；但它们甚至比别处还特别地保留着东方色彩。在神户、在大阪、在长崎、在横滨，所有完全日本式的事物（除了道德的性格）都如同在有意地看小了国外的吸引力。谁曾在很高的屋顶或阳台上，看见过神户的全景的，或者他就会看得见我所说的最好的例证——一个在十九世纪的日本海口的高度，古怪与神奇、精妙，在那斜坡上矗峙着白色建筑物的蓝灰色的海和各种形容不出、奇形怪状的建筑山墙和楼厢的杉木世界。在神圣的城市西京的郊外，也没有地方可以让你证明它比通商口岸特别有那本国的宗教仪节：那口岸地方庙宇重重，神道教和佛教的景色和征象数不胜数，除了阳光和古都奈良与嵯峨（Saikyo）以外。任何内地城市都是比不了的。不能！你将通商口岸的种种特性加以分析，你便愈能觉得那民族的天性将永远不会脱离了柔术的条例、自动地朝西方吸引力顺服的。

六

以为日本不久就会向世人宣布采取基督教的说法，并不是没有任何理由的，正和从前别种预期的说法差不多。可是事情好像还不只没有理由呢，所以留这样大希望作根据的前例，从未发生过。东方民族早已信仰基督教的，一个也没有。甚至不列颠的统治之下，那天主教在印度的加强宣传中，也终归于停滞。在中国，教会也有数世纪的根据，基督教这名字还是被人深恶痛绝——不是没有原因的，因为打着西方宗教的名义而作侵略之举的，并不在少数。和我们距离近一点的东方民族，我们要让他们信从的努力，也没有什么大进步。对于土耳其人、阿拉伯人、摩尔人或任何伊斯兰教民族，让他们信从，简直是崩溃的；要使犹太人信从的布道会，结果只会使人一笑。不过就是将东方民族存而不论，我们其实也没有传教的成绩可以夸张。在近代历史中，基督教国家，对于可以有希望维持自身存在的民族，从来还没有力量可以勉强他们信从基督的教义过。在那少数野蛮民族，或已经就消灭的毛利人（Maori）中，传教事业取得了一些名义上①的成功，也不能证明上面的话；除非我们承认拿破仑罪恶的宣言，说，传教士是能够有极大的政治利用的，不然我们要想断定国外传教事业的所有工作，不是枉费极大的气力、光阴和金钱，而一无所得的，这确实不是一件容易的事。

---

① 所谓名义上，就是因为要达到传教事业的真正目的是不可能的。这事的所有问题，斯宾塞（Herbert Spencer）曾有少少的几句话说：
"确实，处处有那神学上的特殊偏见和一些特殊的教义，埋没了许多社会学上的问题。谁将一种信条认为是绝对真实，因此将其余很多和他自己不一样的信条认为是绝对虚伪的，他不曾会想到那信条的价值是相对的。每种宗教制度，在它简单的性格上，只是它所存身的社会中自然的一部分，这样的看法，在他则完全不了解，要当做大逆不道的话。他想他那经典的神学对于无论什么地方，无论什么时候，都是好的。他从不存有疑心，它在一群野蛮人中传播开来，它便会为他们恰恰地懂得，便会为他们恰恰地珍贵，它将来一定可以使他们得到他自己所证实过的结果。他这样的自以为是，一些也不注意一种民族的不可以接受较高等的宗教，正与它不能接受较高等的政治一样；更不注意有了这类宗教，正和有了这种政治一样，就要发展成一种堕落，立刻仍要把它降低到只在名义上和他的前辈不同的地位。换句话说，他在神学上特殊的偏见，让他对于社会学上重要的真理都迷茫无知了。

　　在这十九世纪末的十数年中，在各方面看来那些理由特别的明白了。所谓宗教这事，绝不是仅仅指着那些讲说超自然的经典；它是一个民族所有的伦理经验的综合，在许多方面，也是那民族较好一点的法律上最原始的基础，更是那民族社会进化的记录和结果。因此它完全是民族生命的一部分，不可以在任何的自然情况中，由一个完全陌生民族的伦理和道德经验来自由替代的——也就是说，不可以为一个完全陌生的宗教所替代。一个社会情况很健康的民族，绝不可能自动舍弃那和它的伦理生活非常协调的信仰。一个民族，也许要改变它教条的形式，它甚至会接受别种信仰；可是要它自动地放弃它全部的旧信仰，即使那旧信仰已经失了它那伦理上或社会上的用途，也是不可能的。中国接受佛教时，日本没有放弃它那诸圣先贤所遗留下来的道德信条，和它那最开始的祖先崇拜；日本接受佛教的时候，它也没有排斥"神道"。古欧洲的宗教历史上，同样的例子不胜枚举。只有最宽限的宗教，才可以为完全陌生的民族自动地接受；而这样的接受，也不过是他们已有的宗教一种增添，绝不可能成为他们已有宗教的一个替代。所以就有了古时佛教宣传事业的大成功。佛教只是一种吸收而非排挤的力量；它把种种陌生的信仰加到了它的大组织中，然后给了它们新解释。但是伊斯兰教和基督教——西方的基督教——便不是，他们是不完全宽泛的宗教，不肯增加什么而只排挤其他别的宗教。要介绍基督教，尤其是介绍到东方的国里去，不但必须破坏本地的信仰，还要破坏当地的社会制度才会成功。而历史的教训则说，这种完全的大破坏，只有用武力才能得以实现，而在上等复杂的社会中，更只有用那最残暴的武力。因此以前基督教宣传上重要的工具、武力，现在还依旧是我们传教事业背后的武力。我们只不过将金钱之力和恐吓，来代替了较之明显些的锋刃；有时为了商业上的理由，有了我们基督教职业的证明，竟至实践了恐吓。譬如，我们接着用战争取得的条约，竭力将传教士派到中国去；我们自己或许会用战舰帮助他们，要是他们被害了，就为他们的生命要求巨额的赔偿。所以中国必须按时偿付"血红"的金钱，每年渐渐地特别了解我们所说的基督教，有些什么价值。爱默生（Ralph Waldo Emerson）曾说过"有些人总不会想到真理，总是会等到真理之光照到了事实"这句话，最近通过若干对于基督教侵略中国的不道德，加上反对的抗议，明白地标明了这些抗议，在发现真正的商业利益，会在传教的扰乱所反击之前，是没有人肯听从的。

不过虽然有了上述的种种情形，相信日本在名义上依旧会有改教之可能，有一时却也有过很好的理由的。谁都不会忘却，自从日本政府，不得不因政治的需要，用力把十六世纪和十七世纪的耶稣教会组织，加以根本铲除之后，所谓基督教这个称谓，早已变成一个深恶痛绝的名词了。[①]可是从那之后，世界早已改变了；预备在日本竞争着传教的基督教宗派，总在三十以上。在这大宗的教派，代表着种种正和邪的教派当中，日本总能选定一种合胃口的基督教了！而且国家的各种情形，对于传入什么西方宗教，的确也好了不少。全部的社会组织已经彻底瘫痪；佛教也已经站不住脚，还正在那打击之下婉转着，神道教显出了不能抵抗的势力；大军阀已经消灭，统治的制度也已变更，各省区都已为战争所摇动；数世纪来，堂帘甚高的天皇，也已经出现在吃惊的百姓面前；新思想的大潮流，恐吓着要消灭一切风俗，破坏所有信仰；而基督教的宣传，也已经重新为法律所准许了。这样

---

　　① 传教事业的鼻祖是萨维尔（St. Francis Xavier），他在一五四九年八月十五日到了九州岛的鹿儿岛。在一些地方，依旧有伴天连（Bateren）这一个名词遗留着，当做"凶恶术士"的代名词，它的来源，乃是葡萄牙语或西班牙语"神甫"（padre）这个单词变化而成的，这是奇事之一。还有一种特别的竹帘——人在他后面看得清室外走过的人而自己却浑然不知为别人所见——依旧说它 kirishitan 是由"基督徒"（Christian）这一个名词变成，这是奇事之二，也值得我们提起的。

　　格立非斯（Griffis）解释十六世纪耶稣会（Jesuit）教会稍大一点的成功，一部分原因是这种天主教的外表和佛教的外表有些相同的地方。这种精巧的判断已经为萨滔（Ernest Satow）的研究所证实过（见 *Transactions of the Asiatic Society of Japan* 二卷第二部），他以前发表若干文件的真本证明山口之主所允许给国外传教士的，乃是说他们能"宣传佛的戒律"——这新宗教，最初大家都当它为较高等的佛教，可是谁读过耶稣会在日本写来的古信，或者甚至读过沙勒伐（Charlevoix）所汇集的材料的，就一定会承认那传教事业的成功，还不可以就完全这样的解释。这让我们看到了一种心理学上特别奇妙的现象——或者竟是在宗教史中再不会看得见的现象，与被赫刻（Hecker）当为流行的怪异情绪相似（看赫刻所著之中世纪的大众化 *Epidemics of the Middle Ages*）。古耶稣会中人比现代任何传教部门，格外能了解日本人较深的情绪性格；他们用极其敏锐的眼光，来研究着那民族生活的各种根性，知道了怎么运用那些根本的方法。他们之所以失败，是因为我们现在的布道者，再也不会希望能成功。但是就是在耶稣会传教事业最鼎盛的时代，信教的人也不过六十万人罢了。

还不算。政府在重新改造社会的种种大努力中，也切实地考虑过基督教的问题——正和分析外国的教育、军事和海军各种制度那样精细而周密。有一个特别报告着外国因基督教影响的委员会，而减少犯罪的事实。结果则有力地证明了十七世纪开普耳（Kämpfer）对于日本伦理道德的公平判语："他们对于自己的诸神表现极大的尊敬，用种种方式崇拜着诸神。我想我可以确定说，在品德的实现上、在生活的纯洁上和外表的虔诚上，他们远远地超过了基督徒。"

简单说来，外国宗教除了不适合东方社会的情形之外，就是在西方也不会有什么显著的伦理影响，远不及佛教在东方拥有的成绩，这是一般的公论。确实，在柔术的大精神中，为了是一个家长制度的社会，那社会是建立在互助的宗旨之上，而又依据这男士必将离别父母与妻子同处的教训，施舍要比给予来得多一点。①

拿天皇的敕令，来让日本成为基督教化的希望，已是过去了；依着社会的改造不论要用什么方式，使基督教成为国教的机会，渐渐地少起来了。传教士们，虽然他们也干涉他们职业以外的事情，也许还能存续下去若干时；可是他们再也做不了什么道德上的好事了，那时候，他们会让利用他们的人所利用着。一八九四年中，在日本的传教士，属于新教

① 近期有一个法国的批评家说，在日本的公共慈善机构，为数很少，可见这民族是欠缺人道主义的！现在知道事实却是不然，旧时日本互惠的教训，已经足以让那些机关归于不必需了。再一个事实，乃是西方机会这样多，而在我们自己的文明上所表现来的，不人道要比慈善格外的彰明较著呢。

的人数为八百，罗马天主教的有九十二人，希腊天主教为三人；所有外国传教士在日本每年的经费，至少会有一百万元——也许还会多一点。这样大费用的结果，乃是信从新教各宗派的大约有五万人，信从天主教的人数也差不多；此没有信教的，则为三千九百九十万人。习俗上，和一般心地不善的人，是不准人对于传教的报告加以攻讦的；但是我管不了这些，我必须说出我公平的意见，以上的数目，我看不是可信的。有关罗马天主教会值得我们注意的，乃是他们自己说，与他们的竞争者相比，事半功倍也有，连他们的敌人也承认，他们的工作非常稳定——那工作合理之至，是从孩童开始的。可是教会的报告，终不无可疑；在日本人的最下等阶级中，有不少人为了能取得一份特别的帮助或工作，才大都预备信教；贫苦的孩子为了要学习些外国语言、受到教育，才假意地做了基督徒；时常有许多少成年人，信了若干时期的基督教，公然地又回到了他们古神之前；每到水旱饥馑、火灾地震，传教士用国外捐献来的物资做了许多赈济的慈善事情，便突然有许多的人信奉了基督教，凡此种种，谁要是看见了、听见了、了解到了，谁就自然地不禁要怀疑那些信教者的忠实性，并且要怀疑到那些方法的道德性了。在日本一年一百万元的经费，也已经是经过一百年了，当然总有些较大的影响，虽然那影响的性质不值得尊重，总还得要应该注意到的；而本国的宗教，在自卫的教育方面和经济方面，都有不足之处，又引起了别人的侵略。幸亏现在政府将在佛教的教育事业上给予援助，也不是一种徒然的希望了。在另一方面基督教教会在不久的将来就要决定将它那最富有的事情，变成互助的大社会这也至少总有一点可能的。

七

设想日本在明治时期之后，不久就能把日本的内地，公开给外国实业界的企业的这种念头，正如设想日本不久就会成为基督教国家的迷梦一样的不尽不实。国家的情形从前是那样，现在还是老样子，始终对于外国式的拓殖，深闭而拒绝。政府自己，从未想采用过什么守旧政策，而且曾有多次，要想改订条约，让日本成为西方资本大投资的新场所。然而事实却证明了，国家的进行并不仅仅是政府的策略所能管制约束的。乃是另外某种不大会错误的事情——民族的天性——所指导的。

世界上最著名的哲学家，曾在一八六七年[①]，发表了下列的判语："讲到一个社会，已达到它那种形式的最顶点，平均之势不可以再为维持，转瞬就要崩溃分散的最好的说明，可以看看日本。将它的百姓集合拢来的组织，长久以来，差不多保守着常态，未受到外来的新鲜影响。可是等到和欧洲文明碰撞了——一部分是武力的侵占，一部分是商业的冲

---

① 应为一八六二年。——编者按

动，一部分是思想的吸引力——这组织就开始分裂了。现在正有一种政治的分裂在进行着，或是政治的改组就要接着来了；不过即使改组成功了，这种因客观的活动而产生的变化，也只能算一种趋向分裂的变化——是一种由结合行动往破碎行动去的改变"。[①]

斯宾塞所讲的政治改组，不但很快地接着就来了，更似乎要比意想所能及的更为尤甚，只要这等变换形体的进行不受严重的与突然的干涉。然而它究竟是否被条约修改所干涉，却成了一个很让人怀疑的问题。一方面，一些日本政治家很有能力地活动着要把全部应许外国人内陆杂居的阻碍都除去；另一方面，有许多人却认为这种杂居会使纷扰未定的社会组织，再产生新的分裂出来。前者辩护的话是说把现存条约修改了，国家的收入就可以大大地增加，而外国要往来的人数也不会因此而增多的。可是守旧的思想家，都认为内地公开给外国人的真正危险，不是指数目增加的危险；就从这点上，那民族的天性是和他们表同情的。他们只在不定的路上意想着那祸害，但这是在触及真理的路上的。

真理另一边，美国人是应当熟悉的——西方的一边。西方人已经了解，无论在何种良好的状况之下，他总不能和东方人的生活竞争来相比较；他完全承认，在澳大利亚和北美，用法律反对亚洲移民而保护他自己的事实。他还用很多

---

① 《第一原理》（*First Principles*），第二版，一七八节。

不合理的"道德的理由"欺虐着中国或日本的移民。唯一的真正理由，可以归结成这一句话："东方人可以收缩西方人的生活。"现在在日本，这问题的另一面，却归结成了这一句话："在某种适宜的情形之下，西方人能放纵东方人①的生活。"一种情况是煦暖的天气；另一种更重要的原因就是西方人于竞争的全权之外，还有侵略的强大武力。究竟他要不要用这武力，不是一个简单的问题；真正的问题乃是他可不可以用这武力。回答的话是在正面上，对于他将来扩张势力时也许要用的种种政策——不管是实业的、经济的、政治的，或者三种混合而一的——若然要加以讨论，不过是浪费光阴罢了，他终究总能找到操纵，而不是排斥，本民族的方法和手段：接连着用资本垄断天产，提倡本地人能力所达不到的生活程度来压倒反对方面、压倒竞争者，这些事情，也就我们知道了。在别的地方，各个弱小民族，都在盎格鲁撒克逊的统领之下已经消灭了，或者正在消灭着。在像日本这样贫困穷苦的国家里，谁能决定得了一味允许外资的投入，不会发生国家的危险呢？当然日本不会惧怕任何西方的强国单独地来降伏日本；日本能在自己的土地上，反抗着所有外来的民族，保全它自己。它也不会遇到列强联合侵略的危险；西方各国之间互相嫉妒，以致谁也不敢做出获得领土的

---

　　①　那当然是日本人。我不承认在任何情况之下，西方人竟可以放纵中国人的生活——并不是因为数目上的不对称。就是日本人也承认他们自己无力同中国人竞争；因此反对国内公开的最重要言论中，有一句话就是在说中国移民的危险。

单独侵占。可是日本却很合理地恐惧着，为了过早地内地杂居，日本也说不定要使它自己陷入夏威夷的噩运——就是日本的土地让为外国人所有，日本的政治将被外国人的势力所左右，日本的独立会成为仅仅是名义上的，而它那老大帝国将终究要成为四通八达的实业共和国。

这些都是相反的两党，在同中国宣战之前，激烈讨论的思想。同时，政府已遇着许多困难的交涉。在排外的反动运动中，让国家开放似乎是件非常危险的事情；可是要修改条约，而又不让国家开放，却也好像是不可能。这很清楚，西方列强向日本的步步压逼，是仍旧要继续下去的，除非用了外交，或是武力，将它们恶意的联合破坏了。青木周藏老辣的手腕，和英国所订立的条约，就遇到了这种双方需要兼顾的难关。按照这条约，国家是开放了；但是英国人，不能拥有全部土地。他们甚至只能依照日本的法律租得土地，期限则以出租者的死亡为止。不允许他们在沿海做生意——连在以前条约上的海口也不许；所有别种的买卖则抽税很重。外国人的租界都还给日本；英国侨民也遵照日本的司法，实际上，为了这一条约，英国什么权利都丧失了，日本则都得到了。这些条约的宣布竟让英国商人都目瞪口呆起来，他们都说，自己被母国所卖了——在法律上束缚了手足投入东方人的禁锢中。有些人又说不要等到条约的实行，还是早一点离开日本吧。确实，日本可以为它的外交而庆祝。国家果然是开放了；可是情况却这样，不仅防止了外国资本的投入，甚至还逐去了现存的外国资本。假如日本能从别的列强得到同样的结果，它的所得将远超过从前不利于日本的条约所失的。青木周藏条约，确实在外交中，显出了柔术上最高的功绩。

可是无论在哪个新约实行之前，谁也不能预言到底会发生些什么事情。究竟日本会借着柔术得到什么样的结果，这仍旧还不能确定，虽然在历史上可以显出这样的英勇和才智，来对付种种大问题的，还没有其他的民族。在还没有年老的人的记忆中，日本早已把它的军力发展到欧洲强国的地步；在实业上，日本正非常快地成为欧洲在东方市场中的竞争者；教育上，日本已经走上了进步之途，所建设的学校制度，比了任何西方国家总体上消费少，但是成功的也不见得相差多少。每年因不平等条约所受的亏损，大水、地震所给的灾难，国内政局的不安定，外国教徒尽力破坏国民精神，人民的非常贫穷，在日本都算不上什么，日本已经得到了这样的成功。

八

假如日本不能在荣耀的道上得到盼望，那么它的不幸，绝不是因为缺少民族精神的缘故。日本的民族精神，在现世是没有谁可以比得上的——那程度的高深让"爱国"这一陈腐的名词完全再无力量可以代表。虽然心理学家或许会说，在日本人中是没有个人的个性的，然而以全民族而论，日本人全部的个性，比我们自己的要坚强很多，那是决然无疑的。的确我们可以存有疑问，西方文明究竟能不能培植个人的性质，已到国民感情破坏之途否。

在本分这个名称上，全体人民不过是一条心。无论哪一个学生，你问他这个，他便会对你说："每一个日本人对于天皇的本分，乃是帮助我们国家强盛，帮助我们防御和保全我国的独立。"大家都知道危险。大家都在道德方面、体格方面接受过训练，来应付这危险。每一个公立学校都让它的学生先经过一个军事教育的预备班；每一座城市，都有它的青年集团（bataillon scoloires）。即便是年龄太轻还不可以接受正式操练的小孩子，也天天教他们合唱古代的忠义之歌和近代的战歌。新的爱国歌时常有人编出来，由政府审定了发到各学校和各军队里去。在我任教的学校里，听到四百名学生在唱这种歌，真是一个棒极了的经验。在这些时候，那些青年都穿着统一服装，排成了军队的行伍，指挥者喊到"踏步走"的口令，全部的脚都开始踏步，犹如一阵阵的鼓声。然后那领袖者先唱一节歌，学生们都用奋发的精神复唱一遍，在每节的尾音上都用特别的重音，使那喉舌激动的结果，就像一阵铳声的砰轰。这是一种最东方而且也是最动人的唱法；你可以在每一个字眼里，听得到那老日本的雄心在打动着。不过更动人的，还是军人那样的唱法。就在我写这短短几行文字的时候，我听见了熊本古堡中，八千个军人在那里吟唱着歌曲，好似一阵殷雷，混搭着数百支悠长沉郁的号筒声。①

政府对于提倡忠君爱国的古道，向来未放松过。为了这个原因，最近发起了好些节期；至于旧的节期依旧每年庆祝着，热情则有增无跌。时常在天皇的诞辰，全国无论哪个学校或公共场所，都向天皇的相片，行庄严的礼节，并唱着相当的歌，举行着相当的仪式。②偶然有几个学生，受了传教士的煽动，只因为他们是"基督徒"，不愿意作这样郑重感激的贡献，他们就要被同学们看不起——有时甚至会让他们感觉在学校里简直存身不住。这样一来，传教士会给本国的教会报纸写着基督徒在日本受残害的故事："为了不肯敬拜皇帝的偶像！"③这种事情，当然不是常有的，而其结果不过表示着那些外国传道者所用的方法，无非是在破坏他们传教事业的真目的罢了。

他们狂妄的攻击，不仅及于本土的精神，本土的宗教、伦理以及规条，还及于本土的服饰和风俗，所以最近日本基督徒自己为了民族的感情，有些特别的举动，大概也不可以说是无故了。有些人公然地说，他们希望不要什么外国的传道者，他们要打造一个新而特别的基督教，完全是日本式的，完全是符合民族精神的。另有些人的主张更为激烈——

---

① 这是在一八九二年写的。
② 向天皇御容敬礼的仪式，不过是朝见仪式的第二次表演。一鞠躬，往前三步；第二次深鞠躬，再往前三步；最后深鞠躬。在离开御容时，退步行，依旧是鞠躬三次。
③ 这是实在的原文。

要求现在全部（为了适合法律，或者避免法律）用日本名字保管着的教会学校、教堂，和其他的各种财产，都须名副其实地属于日本基督徒，作为他们动机纯真的证明。在部分情形中，教会学校，已有必须听从本国人指导的趋势了。

我在另一篇文章中①曾讲到日本国民以全副热忱作着教育的努力与支持，以达到政府的目的，在国民的援助上所表现出来的热心和自制，比起来也并没有缺少什么。天皇本人就做了一个榜样，把他私产的一大部分捐出来，作为购买战舰的费用，因此下了一个敕令，所有政府的官吏的薪水，都需要捐出十分之一来作为相同的用场，便于大家依从，毫无怨言。每个陆军和海军的军官、每位教授或讲师，与差不多所有的文官②都每月因海军的防卫事项而输将。部长、贵族和议员与最卑微的邮务生应一视同仁，没有什么额外的免除，这些由着敕令的捐输将会长达六年之久，此外还有全国很多富裕的地主、商人和银行家，又自动地作了巨大的贡献。因为日本要保全自己，它必须迅速地发愤图强；外来的压逼，让日本刻不容缓起来了。日本的种种努力，似乎是不可信的，而奋斗之后的成功，却不是不可见的。不过反对日本的也不少，日本也许会——蹉跌。日本要蹉跌吗？那就很难预言了。但是未来的不幸，总不能作为日本那民族精神衰退的结

---

① 参看《陌生日本的一瞥》。
② 邮差和普通警察都不在其中。不过一个警察的月薪大概只有六元，邮差还要少一点。

果。这样的发生，也只能算政治错误的结果——急于自信的结果。

九

问题还未解决呢，在这些吸收同化和反动中，旧道德的命运究竟会如何呢？我想到了一个答案，一部分是我近期和一个大学生谈话时所得到的启示。现在我从记忆中把这话写出来，当然不是字字一样的，不过却有那代表新时代思想的兴趣——诸神灭亡的佐证：

"先生，当你开始到这国里来时，对于日本人有些什么意见？请你十分坦然、诚实地和我谈。"

"是说目前的日本少年吗？"

"不是。"

"那么你的意思是说那些依旧跟随着古俗维持着礼教的人——像那以前的汉语教授，快乐的老人，依旧代表着古时武士精神的人吗？"

"是的。A先生是一个有理想抱负的武士。我就是比照像他那样的人说的。"

"我想他们都是心地善良的、高贵的。在我看来，他们正好像他们自己的诸神。"

"你现在还对他们想的这么好吗？"

"是的。我越看见新时代的日本人，我便越敬戴旧时代的日本人。"

"我们也尊敬他们。但你是位外国人，你也需要看看他们的缺点。"

"什么缺点？"

"对于西方真实知识的缺点。"

"但是用另一种文明标准的要件，在组织方面全全不同的要件，来断定某种文明的人民，那是不公平的。依我看来，一个人愈加能够完美代表他自己的文明，我们便必须愈加当他是一个国民、一个绅士。用他们个人的标准，在道德上有很高尚的标准来判断他们，我看那些旧日本人，差不多都是完善的人。"

"在哪种事上？"

"在仁爱上，在礼节上，在正义上，在自制上，在自我牺牲的力量上，在孝心上，在单纯的信仰上，和在那满足的力量上。"

"但是这些性质，在西方的生活奋斗中也足够得到实在的成功吗？"

"不是恰当的，但是其中有些也是很有用途的。"

"要在西方生活中得到切实成功所真正需要的性质却就是旧日本人所欠缺的性质一样，不是吗？"

"我想是这样。"

"我们的旧社会牺牲了个人，栽培着你所尊敬的不自私、礼貌和博爱那些性质。可是西方社会却拥有无限的竞争——在思想力与活动力上的竞争——来栽培着个人。”

“我想那是对的。”

“但是日本要在列国之间驻足，日本就必须要采用西方工业和商业的方法。日本的未来，全仗着它那实业的发展；可是假如我们还跟随着我们的古道德古仪节，那就没有什么发展了。”

“为什么？”

“不可以和西方竞争简直就是灭亡；可是要和西方竞争，我们就一定跟随着西方的方法；而这等方法却都是与旧道德绝对相反的。”

“或者如此。”

“我想这是必然无疑的。在一个极大的范围中，要干什么事业，总不能因为想到了妨害别人的事业，自己便愿意不得利，而有所迟疑。在另一方面，既然在竞争上，无论何处，都没有束缚的，那么谁为了一点妇人之仁而迟疑着不去竞争的，就必然要失败。奋斗的定律，便是那强者与活动者得以获胜，弱者和笨者以及庸碌者便要失败。可是我们的旧道德，对于这种竞争是认为罪恶的。”

“那是对的。”

“因此，先生，无论旧道德是怎样的良善，我们跟随了它，就不可以得到什么大的实业进步，甚至也不会保全我们民族的独立了。我们必须忘记我们的过去，我们必须要用法律来替代道德。”

"但这是不是一个好的替代呢？"

"它在西方已是一个好的替代了，假如我们可以看看英国的物质伟大和日本的力量而加以判断。在日本，我们必须要学会用理智的道德来替代情绪的道德。对于法律上，在道德上有理智的远见，那就是有道德的远见。"

"对于你，对于那些分析宇宙定律的人，或者如此。可是对于那些普通人呢？"

"他们将会跟随着旧宗教，他们将要继续地信奉他们的诸神。可是他们的生活也许就要特别困难起来。他们在古代是快乐的。"

以上的论文是在两年之前写的。为了政治的变化与新约的签订，让我不得不重新改写。现在，一方面有很多证明，都在我的手中经过，另一方面对中国战争的种种事情，也添加了另外若干材料。在一八九三年谁也不能预言的事情，在一八九五年世人都以吃惊和羡慕的眼光承认它们了。日本在它的柔术中得胜了。日本的自治力如实地恢复了，日本在许多文明国中的地位好像也确定了，日本永远脱离西方的乳哺怀抱了。凡是日本的文艺、日本的德行，所不能为日本得到的，日本已借着新颖的科学的侵略力与破坏力第一次地施展，都一一地如愿以偿了。

说日本秘密的预备战事，已经好久了，又说日本对于战事的种种假设，都是不靠谱的，这些话，并不在少数。但我相信日本那军事筹备的目的，除了我前文中说的之外，并没有别的。日本要恢复日本的独立，日本会努力栽培日本的武力已经有二十五年了。不过在那个时期中，人民对于外国势力一阵一阵地抗议——每一阵总比上一阵激烈——都会让政府知道，全国都在了解武力的必要，都在愈演愈烈地抗议着条约。一八九三至一八九四年的反抗力，在下议院中形成了严重的问题，以至解散议会乃是必不可免的需要。可是无论如何地解散议会，总不过让那问题拖延着，而不得解决。直到后来新约告成了，对中国宣战了，那问题才换了趋向。只有团结起来的西方，用那残酷的实业逼迫与政治逼迫来反对日本，才确实造成了这场战争——这战争是最小抵抗力的扩张表示——那不是非常清楚的吗？可惜那种扩张表示竟然有了效果。日本已经证明它自己，能够反抗着世界，自由主宰起来。日本并没有和西方断绝实业上关系的念头，除非那关系太重了；可是日本既然已经借着武力成立了国家，所以日本受西方影响——无论直接的或间接的日子，确实已经过去了，这是差不多能断定的事。排外的反动，在种种事情的自然秩序中，还会特别发生——不必定是暴烈或无理的，只是民族个性的充分肯定。看见千百年来习惯专制政体的人民，居然也能做立宪政体的试验，结果虽然还存在疑点，可知国家要有些变化，甚至是政治的形式，也不是不可能的。不过帕克斯爵士（Sir Harry Parkes）预言日本会成为"一个南美洲共和国"的话，对于这个深不可测的民族的未来，却还不能算是定论。

这是真的，战争还没有过去——不过日本最后的胜利好像是确定的——即使中国的革命终有让人吃惊的一天。世人都已在那里急切地询问，将来究竟要怎样？或者这在列国中最和平而又最落后的大国，处于日本人与西方的双重压逼之下，在自卫上，最终会很实在地学会了我们的战术。这样以后，或者中国在武力上顿然很仗得住地一鸣惊人起来，与造成新日本的情形差不多，把日本的腕力伸向南方和西方去。至于可能的最终结果，我们应该看看披亚生博士（Dr. Pearson）近期的一本书《国民性》（*National Character*）。

这是应当记得的，原本柔术这一技术是中国研究而发明出来的。西方更应当看清中国——中国是日本的老师——日本那终究不会改变的数百十名人民，已经好多次被屈于外族，结果只像一丛芦苇，拂着了阵阵微风。确实，说不定总有一天和日本一般，逼不得已，也只好用柔术来保卫它自己的全部。可是那种巨大柔术的背后，也许便成了全世界最严重的结果。

一些思想家，总结了那两大殖民国家"法国与英国"，思想家不会误会的经验，已经预料过地球上绝不会给西方民族完全占据去世界的未来，还是属于东方的。有很多久住东方的人，也都有这样的信念，他们已可以看到那奇异人类的内心，在思想上，与我们绝对不一样的地方——便是已经可以了解它那生活潮流的最深处和力量之所在——也已明白它那不可思议的同化力量，已会辨别它那对于南北两极间，无论何种环境都有自适的能力。依那些观察者的判断，要说一个民族占全世界人口三分之一以上，竟有毁灭之一日，则我们自己文明的未来，现在也就可想而知了。

也许，果然如同披亚生博士最近的话，西方扩张与侵略的长期历史，现在正向它的终页近着了。或许我们的文明，传遍了地球，不过让许多民族，特别愿意研究我们的破坏技术和实业竞争，不来帮助我们，反而对抗我们。世界已经这样了，我们还不能不叫大半的世界屈服于我们之下——所需要的力量是那么的大。或者我们竟然想要却不能起来，因为我们所创造的社会机能，正同故事中的恶鬼一样，在我们不能维持他生命的时候，于是就会恐吓着要吞灭我们。

我们这样的文明，真是一件奇特的创造品，它在痛苦渐渐加强的地狱中，逐渐地高大起来；它看来既奇妙，而感觉又很是奇怪。它在社会的地震中，马上就会粉碎，这样的情形，早已经是那些处于火山边的人的噩梦。为了它的道德基础，它不可以始终作一种社会组织维持下去，这样的判定，就是东方智慧的教训。

在人类还没有把他的话剧在这个星球上完结之前，它（我们的文明）的种种劳力，还不能就此湮没无闻。它已复活了以往；它已经复兴了前人的语言；它已经从大自然那里劫取了很多无价的秘密；它已经解析了各个星球，克服了空间与时间；它已经勉强看不见的成为看得见的；它已经在"大无穷"的面幕以外，把全部的面幕都撕去了；它已经建造了千百种知识的系统；它已经把近代人的头脑扩张到中古人头脑的容量之外；它已经研发了人类个性的最高贵形式，虽然它也研发了最可恶的形式；它已经发展了人类所了解最精细的同情心与最高尚的情操，虽然它也发展了别个时代所不能有的种种自私与痛苦。在理智上，它已经长大到各星球的高度之外去了。无论怎样讲，它将来的关系，比古希腊文明的关系还要重大得多，那是必须要相信的。

可是它每年只在把一种机体的组织弄得越复杂，则它的变化而入于覆亡便也越快，这样的定律加以显明就是：力量越增长在内部常常会发出对于每一个震动或创伤——对于每一个变化的外力——越深切、越清楚、越精细而又繁杂的感觉。世上任何遥远地方的水旱或饥荒的结果，供给货物的小型中心地的破坏，一个矿区的消乏，任何交通网的暂时停止，对于无论哪一个实业的神经，加以轻轻逼迫，都可以产生分崩离解，将痛苦的打击，输入那巨大结构的各部分去。那结构借着内部相关的变化，来抗拒外部的压力，那样可惊的容量，也许就要有内部性格变化到完全不一样的危险。确实，我们的文明是在将个人逐渐地尽量发展着。可是这又能怎样现在将他发展着？就像人造的热和有色的光以及用化学的滋养料在玻璃之下栽培一株植物吗？这岂非要将千万人，牵入那不可以支持的特别地位，让少数人享受着无限的奢侈，让多数人遭受着钢铁和蒸汽的残暴奴役吗？对于这种种疑团，已经有答案了，社会的变化将要供给反抗灾祸、恢复损失的办法。最起码总有一个时期，社会改造总会做些奇事出来的，这并不仅仅是一种希望而已。不过有关我们将来的最终问题，似乎还没什么能想到的社会变化，可以充分地解决它。会是一种绝对完全的共产主义成立，也是不可能的。因为那些较高等民族的命运好像都依赖着他们在大自然掌握中的纯正价值。对于"我们不是较高等的民族吗"这个疑问，我们能用力地回答说"是的"；可是这样的肯定，却还不能回答那个更为要紧的问题，"我们是生存的最适者吗？"

　　生存的条件在什么地方呢？是在对于无论什么环境，或每一种环境都可以自适的容量中；是在对付意外之事的临时能力中；是在应付和战胜自然力的固有强力中。确实不在让我们对于自己发明的人为环境，或是对于自己创造的规则势力，所有的部分适应能力中——不过只在生活的普通强力中。现在，就在这普通的生活强力上，我们这些所谓较高等的民族，正是远远比不上的那些远东民族。虽然西方人的体力和脑力远远超过了东方人，他们却只能浪费这种完全不一样的优点，以为支持。因为东方人已证明他吃一点米饭，便可以研究而又学会我们的科学结果，并且就借着那普通的食物，便可以学习去制造去利用我们那最繁杂的种种发明。但是西方人呢？要是没有二十个东方人的生活费给他，他就连最基本生命都维持不下去。在我们的高等性质中，就有我们在命运上软弱的秘密潜伏着。我们体质的器械，在种族竞争、人口压力，能预料得到的那个将来的时代中，为了要去运用的，所付的燃料代价确实太贵了。

在人类出现以前，或许在以后，有许多巨大奇妙的也都住在这个星球上的动物种族，现在已是消灭了。他们的消灭，并非由于种种天敌的攻击，有许多好像都不过了他们身体上极大的消耗。那时地球的赠品，渐渐地少了起来，他们就只能奄然以尽。情形是一样的，西方民族将要灭亡了——为了他们生活上所需的经费。他们一旦达到了他们的最高点，或许就要不再永久留在这个世界上了，为更适于生存的人民挤去了。

正当我们对于弱小民族仅仅的"放纵他们的生活"——把他们幸福所需的各种东西，差不多不必用什么自知的努力垄断了，吸收了——他们都灭亡了，到了末了，我们也要被那些可以"收缩我们的生活"，将我们生活的必备品也垄断的民族，大自然援助的民族，所灭亡了。这些民族，必然会接受我们智慧的衣钵，采用我们特别有用的发明，继续我们最好的实业——或者竟让我们在科学中与艺术中去维持最有价值的事物垂之永久。可是他们对于我们的灭亡，看不出会有什么懊恼，正如我们看见那恐象（Dinotherium）或鱼龙（Ichthyosaur）的不再留存，一样漠不关心。

选自《来自东方》

远东的将来

为了现在而想到将来，对于文明是重要的。在一个文明的国度里，最平常的工人便这样做，假如他是一个有头脑的人，他无论能赚多少钱，等一赚到，他不会都去消耗完，却总会储蓄着一大部分，以备将来的不时之需。这是最平常的一种先见。政治家的先见，就会较之高一点。当他反对或提议某种法律时，他就要想到："这种法律在我死后一百年，将会有些什么结果呢？"可是哲学家的先见，却还要遥远些。他要问："现在的情况，在从此以后的一千年中，将会有些什么结果呢？"而且他所想到的，并不仅仅是一个国家，而是全体人类。

要和你们讲说东方的未来，我愿意按照西方哲学家的观点来讲。因此，不单是关乎日本，或者单是远东，却是关乎全人类的。

　　我在一开始就说，远东的未来一部分是借着远东的活动——虽然并不完全是。至少，有一件事是确定的，就是将来远东要发生的非常大的变动，将会为了西方的影响而造成。这种影响是侵略的，不过它是不可避免的，过几代它都不会停止。在我们想到将来的东方以前，我们可以看一下现在的西方。

　　在这个世纪中，有关西方工业文明的进步，最明显的事实，便是西方各国的扩大。一八〇一年，英国，或者还是说为大不列颠，全部的人口是16,345,646。一八九一年，人口是37,888,153。假如我们再追溯得远一点，当然那数目还要更加可惊。伊丽莎白时期，英格兰和威尔士的人口是5,600,517；维多利亚时代则是29,001,018（一八九一年）。但是一八九一年的数目，是不包括加拿大、美利坚合众国、南美洲、澳大利亚、新西兰和非洲很多英国人在内的，不必再说其他五六十个地方了。吉本（Edward Gibbon）著作他的历史时，德国的人口大概是22,000,000；现在则是49,500,000；法国的人口本来大概是20,000,000；到了一八九一年则成了38,343,192。意大利的人口原本只有10,000,000；现今已超过30,000,000了。西班牙的人口大概是8,000,000；现在却是17,500,000。俄罗斯（我只指欧洲的俄罗斯）的人口原本只有12,000,000；现今却是81,000,000，波兰和芬兰还不算在内；若把俄罗斯的征服地一并算在内，人口就特别多了，在103,000,000以上。简单地说来，七十年中——自一七一九年之后——欧洲的人口增长了一倍；而在我们现在这个世纪中，增加之数，尤为惊人，已经不是倍数所能代表了。之外，读者更须记得欧洲各民族还给予北美洲将近七千万人口呢，最近殖民于澳大利亚、新西兰、非洲和世界各个地方的还不算在内。仅仅在英国统治之下的——就是在现今的英国女皇之下的——差不多就有344,000,000百姓。

现在西方民族这样出奇的扩大，究竟是什么意思呢？在古罗马帝国时期，人口的总数并没有超出110,000,000；而休谟（David Hume）和吉本还都在思考，古欧洲在奥古斯时期的人口比他们当时的欧洲人口要超出些。可是现在的欧洲人口却大了三倍之多，而最大的增长还是在近期的时代中，还没有超过一百年。这是什么缘故呢？有些什么意义呢？

的确，一部分的原因是为了工业和科学的进步，一部分是为了维护生命、维持健康的改良方法。可是无论是农业的改革，卫生的发现，科学或工业的发明，都不可以单独地来完全解释它。罗马帝国时代，欧洲的人口大概比土地所可以供养的还要多些。现在的人口已是三倍大了，而土地上的产物却的确未增加到三倍多。照事实说来，现今的西方已经不能养活它自己了。它人口的增加，不过被视为它已有的向外界取得供养的办法。它的生命是人为的，不是严格的、自然的。大概只有俄国（或者还有斯堪的纳维亚，虽说我还有些怀疑）可以产生足够自己人口消耗的食物。欧洲的大部分是由俄国同差不多世界各国所养育着的。北美洲、印度、澳大

利亚、爪哇、南美洲、中国、日本、波斯，地球各个地方都
送食物到欧洲去。伦敦人民，无论哪一天没有别国的帮助，
便都不能活命。英国认为，因战争而失殖民地，或是因竞争
而失商业，最大的恐惧便是饿死的恐惧。甚至在那丁尼生
（Alfred Tennyson）的短曲《舰队》（*The Fleet*）中，也竟毫
不犹豫用了那"饿死"的清楚字眼：

> 当全部的人都饿着要死的时候，野蛮的暴徒们
>
> 千万只脚，要把你从你的地方踢出去。

确实是，假如欧洲从别的国家得食的工具都忽然被掠夺
了，结果便是千万人的死亡。

这样的食物供给怎么维持呢？借着商业，借着飞快的汽
船，借着便捷的交通。人口继续地增长着，更为快速的船只
继续地建造着，新的商业开始了，新的殖民地获得了。为了
日本的需要，日本、西方，则须勉强着各国来帮助日本的生
活。日本的工业文明早已达到全世界顶峰；它的压力，现今
中国和日本的海岸边都在感觉着。

西方的人口既是增加着，它就要用移民的办法来救济它
自己。可是移民的速度，总来不及逃出那结果的到来。那结
果便是竞争的增加，意思就是生活上增加困难，因此可以了
解真正的进步，同时是西方的强大与西方的软弱。人类的进
步是为了他们必须进步，不是因为他们喜欢竞争和劳力的痛

苦。在人类可以不用劳力便可以生活的国家，是完全没有什么进步的。科学上、技术上、工业上所有那些奇特的发明，环绕世界的电报，数不胜数的铁路对于机器的完成而所需的数学的应用，对于千万种新发现所需的化学的应用，都不过是生活所需的结果，那就是要寻一点吃的东西的结果。在种种进步的方式之下，主动的力量不过是饥饿。这便是永远的定律。这不过是为了生活的所需，所以西方民族都在用力把他们自己散布到世界各个角落。他们很快地散布着，因为在这当今的世纪中，他们发现了散布很快的办法。要是在其他世纪里，他们只有在家中饿着等死。

他们在路途上，遇到各种天然的阻碍。他们不可以住到热带去，因为那种气候会弄死他们。许多他们能住的国家，都已经给他们消灭过人口。土著居民都在他们面前失去了：美洲丢失印第安人，太平洋各岛屿中失去了毛里人，塔斯马尼亚失去了塔斯马尼亚人，澳大利亚失去了黑的澳大利亚人，以致新墨西哥和得克萨斯也失去了非纯种的西班牙人。当然，印度还抗拒着：西方不可以移民于印度，那里的气候总保护着它的黑色民族。

但是当工业主义到了远东、中国的时候，它要再向前进步，就会与一些同天然阻碍不同的事情所反对着了。反对它的是一种西方从来没有疑惑过的觉悟。要制伏中国，大概是不可能的，即使可以，也需费下太大的代价。要迫使中国适用西方的礼节、风俗与信仰，使中国破碎开来，就显得不可能。中国是一个实体，太辽阔了，太坚固了。不能加以破坏或加以重行改造。中国是抗拒着的。这很明白，西方对于中国的希望，只有商业。商业是有了，或者说是强取到了；但是西方的商人却觉得他们是在同他们同等的敌手交易着。纵使是中国人的商业，也不会从中国人的手里取过来，它还是始终如一在那里，它会永远长存在那里。过了不长时间，西方才发现中国人在商业上不只是敌手，还是长者，更是一个很强大的敌手，便是在财政合作的顶峰事业上，也是一样。

假如要问中国人为什么以前没有什么危险，那不过是因为他们常住家中的缘故。可是自从西方逼迫中国开放了它的口岸之后，中国人就开始到其他国家去了。他们起初移住在南北美洲的太平洋沿岸。他们进入了西印度群岛。他们移到了澳大利亚和爪哇。他们着手建造了新加坡的殖民地——英国最名贵的东方属地之一。他们说要恐吓着充满智慧的东方人，如果中国长期闭关自守着，事情就会好得多呢。

美国是第一个发慌的国家。在加利福尼亚，大家都晓得谁也不可以和中国人竞争。他们吞并了商业，他们垄断了买卖，他们把劳力的竞争者逐出了市场。

渐渐的，所有的西方诸国都怕起来了。两年前，通过了一种停止中国移民的大法。美国人很聪明，在商业和工业上，他们都不可以和中国人竞争。

澳大利亚也做了相同的事。大家都了解，假如不防止中国人移居澳大利亚，英国人就不会住在那里。澳大利亚用排斥中国移民的大法，保护了它自己。

在爪哇，荷兰侨民的恐慌是另一种的。他们攻略中国人，杀死了五千余人。现在中国人是能住在爪哇了，不过要遵守几条法律。至于爪哇民族，结果是在渐渐地消灭了。因为中国人可以在任何的气候中生存，可以在任何的工业竞争中胜利。爪哇的气候是不适宜于欧洲人的，所以荷兰人准许中国人住在那里。

中国人怎样可以和西方竞争呢？一部分是借着他们的悟性，或许大部分是借着他们非常节俭的生活习惯，比西方人起码要便宜十倍，这种在经济上的优点，无论什么雄厚的资本都不会战胜它。就是以工人而论，他们不但可以用他们的手，做尽西方工人的所有工作，他们还可以用一半以下的费用做成一样的事。

那么假如中国人，在他们的竞争中，也用了西方的工业机械和西方的科学知识，会发生些什么事情呢？这也许要成为西方人一件特别严重的大事。说不定西方人的商业因此被逐出了东方。说不定还有更重要的意义，西方的人口在那里两倍、三倍以至四倍地增长着，西方的扩张在那里进行着，而东方大概还是寸步未移。可是，当西方要想压逼到它门上的时候，一种不会倦乏、非常巨大的动力，因此发作了。原来东方也着手扩张了。假如它采用了西方的机器，来帮助它的扩张，那么西方就要遇到它五十年以前从未梦想到的危险了。

西方还算是走运的，中国只慢慢地活动着，它还未充分采用西方各国的机器和工业方法，它自己只在准备着战争。经过俄国的威吓，它在英国交到一个朋友。英国或许帮助着中国反抗俄国，中国或许帮助英国反抗俄国、防御印度，以得到报酬。英国的军官都在把西方的军事技术传授于中国。中国的兵工厂已是在制造着最好的来复枪。中国已可以集合一百二十万的兵力了；这些兵已有西方军队那样的武装和训练，这样就没有哪一个强国敢攻打中国了。不过这是十分确定的，中国迟早会采用西方的科学和工业，那就会成为非常大的危险了。因为各民族的将来，不是用战争来定论的，而是用工业和科学的竞争来决定的。

然而商业的悟性并不是很高的，最高的却是科学的悟性。在这方面，中国还没有表现出什么能力的证明来。可是另一个东方民族却已经表现过了，日本已经证明它自己，可以在理智进步的最高部分和西方竞争。我不认为日本人可以成为和中国人一样的商人，但是他们在另外方面，却是一种非常高的民族。我不愿意别人认为我，是在直接说几句好话以博好感；我说日本已经证明它自己，可以在最高的理智研究方面，同西方竞争，我的意思却不是说日本现在的理智程度，已和英国的或法国的理智水平一样。这是不正确的。不过是说日本科学家，在德国、美国和海外各地所得到的成功，足以能够证明那最高能力的存在。它或许还是大量地潜伏着，没有发展的；不过它的发展，只是时间问题。而时间也不会很长的。因此，中国和日本代表着远东，已经同时表现他们自己，在商业上和在民族的理智战争上，可以和西方竞争了。

不过能力问题，还不是我定要讨论的所在，需求问题也是同样有分量的。中国和日本，都必须和西方竞争，才能防御它们自己。以后的结果是什么呢？

工业的扩张，双方面都必须继续着；而东西两方面的人口，也都必须增加着。世界可以维持的人口只不过几亿人，在二三十亿之间；斗争必须一直进行着。人口的密度越增加，以后的斗争就必是想要争霸全世界的斗争。那时较弱的民族就一定得让步了。怎样让步呢？就是在地球上灭亡了。谁该让步呢，远西还是远东呢？

这是一个经济的问题。经济能来作答复。

当两个民族间发生了斗争，全部的悟性偏向一方的时候；当然，悟性占了胜利，破坏了或者排斥了那头脑简单的民族。当两个势均力敌的民族间发生了竞争，结果或许是一种联合。可是当两个民族，在悟性上是相等的，在容忍力上与经济量上却有非常大差别的时候，那么那更可以忍耐、更经济的民族就会获胜。例如当中国工人可以做英国工人相同的工作，而又可以过着五倍以上的便宜生活，那时候，英国工人就要下岗了。因此，任何民族，无论怎样的有天分，在生活的竞争上，终究为那些有同等悟性而又可以过极普通生活的民族所赶出，直接地说，赶出这世界。

假设你要买一部机器，一部蒸汽机。给你看的是两部蒸汽机，每部都有相同的马力。不过这一部所烧的煤要比那一部多两倍，要去使用它，就要费上两倍的钱。你会买哪一部机器呢？不用说，必然要买那烧煤较少的一部了。

人身毕竟也是一部机器，它燃烧的材料是食用品。我们早已清楚，所有的进步都是被食物问题所引起的。生活的艰难、找寻食物的不易是种种努力的原动力。这样，西方人的身体可以比作一部有一定能量的机器；东方人的身体比作另一部。假如你设想它们可以做同量的工作——它们相关的价值，就必用它们所费的燃料来决定。现在，一个英国人，至少要有七个或八个东方人的饮食量才可以维持生活。推论的结果是什么呢？

但是这不过是一种随便的比喻。较高等的西方民族中，任何人的生活费用最少比远东民族的任何人要多四五倍，只以生活必需品而论。假如我们不单指必需品，而兼指事实而论起来，西方的生活费用就会大上二十倍、三十倍，或者是五十倍。我们借着这样的生活程度，来想想西方国家。没有一个西方民族，可以在千万个远东人民所可以生活的条件之下生活的。他们或许会饿死了。他们的需要不一定仅是现代习惯的结果，它们是种族的需要。正和你不会拿米来喂鹰鹯、用草来喂豺狼一样，你不会用东方的食物来养活西方人。

食物是主要的条件，不过它还不是唯一的要素。不一样的民族要求有不一样的舒适、不一样的地位。西方民族于注重的滋养料之外，还要求注重的舒适。他们常常要求它们，他们要过所说的"大生活"。历史学家告诉我们，自从中世纪以来，欧洲贫困人民的地位已改进了不少。这是真实的。可是即使是在中世纪，欧洲人总还不会过东方人的生活。理由也并不单是体质方面，也是心理方面。把西方人心理的幸福上所需要的若干事情消除了，他们就会变得憔悴可怜起来。人口要减少，而努力大概也会要停止了。

在自然的历史中，你已经分析过消灭了的兽类。曾经有很多奇妙的兽类在这个星球上生活过，强得不会惧怕任何敌人，也不怕什么温度或是干旱来消灭它们。这是确确实实的，其中有些为了它们生活的耗费，就此消灭了。地球不可以支持它们的时候，还是来到了。因此仅以人身而论，就免不掉畜类的命运。只因为生活费用太高了，民族就要灭亡了。

因此在以后西方和东方的竞争中，在他们的习惯上最可容忍、最经济、最普通的民族就必然会获胜。费用大的民族，结果就要完全灭亡。大自然是一个大经济家，它是不会犯错的。生存的最适者，就是最可以和它相处、最可以满足于微小的人物。这就是宇宙的定律。

现今在英国，每一个少年人的教育，费用是在一万六千至两万元之间——以日本金钱来计算。我不用多告诉你，在日本还不用花到一半的钱，就能得到同样的教育。就在教育这一问题上，东方便是西方的一个强大的对手。

最后，我可以表决我诚实的信心，日本的匮乏，便是它的力量。在将来，富足就是软弱的根源。假如你不喜欢"贫乏"这个名词，你总记得欧洲最贫困的国家是俄国；也总记得俄国的强大，竟会让德国和奥地利以及意大利联合起来防御它，以保护它们自己，也总记得全世界都惧怕它吧。它的贫乏，并不会在其愿意时，阻止它召集六百万的骑兵。所以，在将来，为什么日本的贫穷匮乏会让它不能召集至少三百万的精兵来防卫它自己？那必然也是绝无理由的了。

我也相信，以后的事情是偏于远东的而并不偏于远西，至少我相信是这样，但这是以中国而论。至于日本的情形，我想却有些困难，就是放弃那古老的、简单的、健康的、自然的、俭朴的、诚实的生活方法的危险。我想日本能保全它的简单有多长时间，便能强盛多长时间。我想假如它采用了外来的奢侈思想，它就会软弱。远东的圣贤——孔孟与佛教的缔造者——对于舍弃奢侈和满足简单的舒适和心理的快乐，以求真力量、真快乐的这种种需要，都曾受过教导。他们的思想，也就是现今西方思想家的思想。

好了，为了传达给你这些事情——不仅代表着我个人的思想，并且代表着那些比我更聪明更优秀的人的思想——我便想到了所说的"九州岛精神"。我听说的，仪节的简单和生活的朴实，都是古时熊本的美德。假如这是真正如此的，那么我会总结说，日本以后的伟大，要依靠着九州岛或熊本精神的保存—对于简单善良的热爱和放辟邪侈的厌恶。

选自寮南会学校杂志

困　难

　　讲到日本的书籍总有一千本了，可是在这些书籍里面——纯粹具有特性的美术出版品不算——真正有价值的重要著作，恐怕还不到二十本吧。这种事实的缘故，是因为要在日本生活的表面之下，去辨别、理会出一些究竟来，是非常困难的。能够充分解释那种生活的著作——将日本从内心的和外表的、历史的和社会的、心理学的和伦理学的各方面描摹出来的著作——至少再经过另外的五十年还不能写成。千头万绪，从何说起，数十年来学者们联合的劳力终不能解决，而阻难丛生，愿意用他们全力来从事于此的学者又时常为数很少。就在日本人自己，对于他们自己的历史，也还没有找到什么科学的知识；因为要得到那种知识的方法还没有准备好，虽然采集的材料已经是和山那样地堆积着。在现代的计划上，任何良好历史的需要，不过是许多令人气馁的需要之一。可以作为社会学研究的论据，对于西方的研究者，仍旧是可望而不可即。家庭与种族的早期状况；阶级分化的历史；政治律和宗教律分化的历史；种种禁例和他们在风俗上发生影响的历史；在工业的发达中，整理和合作情形的历史；伦理学和美学的历史。所有这些和许多别的事情，都还是糊涂地隐藏着。

我这篇论文，只能在某种方向上，给西方的日本知识作一些贡献。不过这个方向并不是最不重要的一个。现在日本宗教这个题目，大概是这个宗教的死敌所写的，别人差不多还是完全没有了解。可是一方面既然始终为人所不知，为人所误解，一方面自然也得不着真正的日本知识了。社会状况的真正理会，对于宗教状况所要求的，绝不是一些浅薄的熟习。甚至一个民族的工业历史，不注意那些在它早期的发达中，约束着工业生活的宗教传说和风俗，也是不会令人明白的。……或者讲艺术这个题目，日本的艺术和宗教是有极紧密的联系的，要想去研究它，而对于它所反映的信仰，没有广博的知识，只是浪费光阴罢了。我说的艺术，并不单指绘画和雕刻，各种装饰和许多有画意的表示都在内。男童纸鸢上或女童拍毽板上的形象，并不亚于漆器或花瓶上的图案；工人毛巾上面的人像，并不亚于公主腰带上的花样；买给小孩子玩耍的纸狗或木叫子的形状，并不亚于佛寺门首巨大仁王（门神名）的式样……的确，要将日本文学作一回适可的估计，也总是不能够的，必须要有什么学者出来，将这个文学仔细地研究一下。不但要能够懂得日本的信仰，而且也要至少能够和我们伟大的人文学家那样，会和欧里底得斯的、品达的、忒奥克里托斯的宗教表同情，和那些信仰表同情。我们自己问问看，如果对于西方的古今宗教，不加一些注意，究竟我们能够懂得多少英国的，或法国的，或德国的，或意大利的文学？我并不指那些显然的宗教作家，指像弥尔顿或但丁这样的诗人，只指那样的事实，就是即使是一个莎士比亚的剧本，谁不知道基督教信仰或基督教信仰以前的信仰，谁就不会了解。要彻底懂得任何欧洲文字，而没有欧洲宗教的知识，那是不可能的。即使是不识字人的言语，也是充满着宗教的意义的：穷人的谚语和家庭成语、街头巷尾的俚歌、店家的生意经……所有这些，都混着些宗教意味，不晓得民众的信仰的人，是想象不到的。没有人能比那个在日本，那些信仰绝对和我们不同、伦理为完全两样的社会经验所形成的学生，教授过许多年英文的人格外地能够知道这事。

选自《日本：一个解释的尝试》

奇异与魔力

　　旅行家对于日本所记录的最初印象，大半都是快乐的印象。果然，在日本不能感情用事而作辩诉的天性中，必定也是缺少的事情，或者极其粗暴的事情。那辩诉的本身，就是解决一个问题的密钥；那个问题便是一个民族及其文明的性格。

　　我自己对于日本的最初印象——在春光明媚中所看见的日本——不用说也是和一般人的经验大概相同的。我特别记得的是目睹之后的惊奇与喜悦。惊奇与喜悦是永不会消灭的：就是现在，我已经在此作客十四年了，一遇着什么机会，它们还将重新地活动起来。可是这些感情的理由是难以捉摸的，或者至少是难以猜测的，因为我还不能说我已很熟知日本。很久以前我那最相知最亲爱的日本朋友，在他死前不久之时告诉我："再过四五年，当你觉得你完全不能了解日本人的时候，那么你将开始知道他们一些了。"等到我那位朋友的预言实现之后，等到发觉我完全不能了解日本人之后，我觉得我格外有资格来尝试写这篇论文了。

最初令人觉着的，就是日本事物表面上的奇异，会（至少在某种人的心目中）发生一种描摹不出的古怪的震惊，一种只有看到了完全陌生的事物，才会领略得到的荒谬的感觉。你觉得你自己是在古怪的小街道上走，遍是些古怪的小百姓，穿着式样非常别致的衣服和木屐，你看了竟辨不出男女来。房屋的建筑和布置都是和你所有的经验不熟的，你在店中看到了陈列着的许多东西，你竟一点也猜想不出它们的用途和意义来，你定要发呆。来源想象不出的食料，形式和谜语一般的器具，什么神秘信仰的莫名其妙的记号，牵涉着神仙或鬼怪故事的奇异面具和玩物；垂着大耳、发着笑容的许多古怪佛像——所有这些东西，你信步地走着，便可以见识到。虽然你也必须注意电线杆和打字机，电灯和缝衣机。不论何处，在字号和悬物上面，在走过的人的背脊上面，你将注意到奇妙的中国字；这些文字的离奇如巫术，却成了景物的适宜点缀品。

和这个奇幻的世界相处得稍久些，你最初见面时所引起的奇异感觉，也绝不会减少。你还是要注意到他们体力动作的离奇——他们的工作，竟是用同西方相反的方法做成的。工具的形状都很古怪，使用的方法也很特别：铁匠蹲在铁砧边，拿着铁锤敲打着，西方的铁匠，如果没有长时间的练习，是不会这样工作的；木匠则是用他那奇形的刨子和锯子，拉而不推。时常以左作右，以右作左；开锁和关锁的方向，总必向着我们以为是错误的那一边旋转。洛威尔君（Percival Lowell）仔细地注意过，日本人的说话、写字、读书，方向都是向后的——这些"不过是他们所有相反之处的起码事情"。对于向后写字的习惯，是有沿革清楚的理由的；极好的日本书法，能将日本书家为什么只用推笔而不用拖笔很明白地解释出来。不过为什么日本女子只将针眼套线头而不将线头穿针眼呢？在数百件相反的动作之中，这件最特别的事情，是受了日本剑术的影响。剑士用两手攻击敌人的时候，不是将剑刃抽向自己来，而是锉向前面去的。他用它的用意，和别的亚洲人一样，的确不是劈，而是锉；不过有了推的动作，我们也就可以看到抽的动作以为攻击。这些和另外许多陌生的动作，不能不使人想，他们在体力上和我们没有什么大关系，他们简直是另外一个行星上的人类——会想他们在解剖学上和我们有些不同。然而这些不同之处，并不怎样看得出；为什么会有这些相反之处，大概不是因为他们的经验完全和我们的无关，而是他们的经验在进化方面要比我们的幼稚些。

可是他们的经验并不是可以小看的。它的扩大非但能惊人，而且还能悦人。工艺上的仔细琢磨，意想的轻灵美妙，用最少物质而得到最好结果的能力，用最简工具而达到机械目的的成就，以错综为美的理会，不论何物的美式佳趣，调铅敷粉，颜色和谐的感觉……所有这种种事情必能立刻使你相信，我们西方还有许多东西，不但在美术的和趣味的这些事上，并且在经济的和利用的这些事上，必需要向这个古文明学习一下。你看到了那些可惊的瓷器，那些可羡的刺绣，那些漆器、象牙器和铜器的奇妙，使你在陌生的道途上发生想象的，绝不是野蛮的幻想。绝不是：这些都是一种文明的产物，这文明在它自己的限度中，已达到非常精美的地步，只有一个艺术家才能判断它的制作。这文明，谁要说它是不完善的，谁只好将三千年前的希腊文明也当做不完善的。

　　不过这世界里面的奇异——心理学上的奇异——比看得见的和表面上的，还要十分可惊呢。等你知道没有一个西方的成人能够完全学会日本话之后，你就可以猜疑到种种奇异的事了。东方与西方，人类天性的根本部分，人类天性情感上的根据，是很相同的：日本孩子和欧洲孩子，在心智上的差别大都潜伏着看不出来。可是在他们长大时，差别也随着快快地发展着，等到他们成了人，那差别就数说不尽了。日本人心智组织的全部开放，和西方人心理的发展完全不同：思想的表现是有规则的，而情绪的表现则流入迷幻莫测的道途上。这些人民的观念并不是我们的观念；他们的情感也不是我们的情感；他们的伦理生活，在我们看来，只是还没有思索过或早已忘却了的思想和情绪所结合成的宗教。将他们平常的语句中不论哪一句译成西方言语，就毫无意义；而将最简单的英文句法用于日本文字中，没有读过欧洲文字的人，便很难懂得。即使你能将一部日本字典中的字都学会，你仍旧有些不能懂得他们的说话，除非你也已经学会和日本人一般的思想方法——那就是说，向后想，倒过来想，翻过来想，向雅利安人种习惯完全不同的方向上想。学会欧洲语言的经验，是能帮助你学会日本语言的地方，正如它能帮助你学会火星居民的语言一样。谁要想像一个日本人那样地应用日本话，除非重新投胎过，除非彻头彻尾将他的心思完全改造过。只有这样是可能的，就是要一个父母是欧洲人，自己出生在日本，从小就学会日本话的人，长大了才会保留牢固那种使他的心智关系得以和任何日本环境的关系互相适合的天然知识。确实有一个名叫勃拉克（Black）的英国人是出生在日本的，他便能精通两方面的语言，他以说故事为业，赚得了许多钱。不过这是例外的事情。……至于文学的文字，要想能够精通，那么并不是认识几个中国字便可算数的。我们很可以说，不论哪一个西方人，总不能将他面前的文学书翻译出来——当然本地的学者能做这样的工作的，也是为数甚少——虽然有若干欧洲人，在这种翻译事业上可以值得我们的敬崇，可是他们的工作，如果没有日本人的帮助，是绝不能出以问世的。

正像日本表面上的奇异已证明是充满美丽的一样，它里面的奇异却也自有它的魔力，是在民众普通生活中反映出的伦理的魔力。那种生活的动人之处，照一个平常人看来，因并不包含什么心理学上的变化，而需要几千年的时间来观察；但只要有洛威尔君那样科学的心思，便立刻可以理会到这问题的究竟。天资稍差的外国人，而有自然的同情心的，只会觉得高兴与惶惑，对于那些动心的社会状况，就想用他自己在世界另一面的快乐生活的经验，来加以解释。我们可以设想，他居然有幸运，可以在内地旧式的镇市中住上六七个月或者一年。从他的旅居开始，他一定能感觉到他四周的和爱与喜乐。在他们众人的往来间，和他们众人与他自己的往来间，他将要找到不断的安适、熟习和善性，这些情形，除了此地以外，除非是在特别范围的友谊中，才会遇得到。每一个人都用快乐的面孔和高兴的言语，向每一个人问候着，面上时常带着微笑；每天最平凡的生活，为了这样的客气，立刻就变得诚朴而纯洁；觉得这竟是直接从心底里流露出来，而不是任何教训所能造成的。在任何状态之下，表面上的高兴总不会停止：不管发生了什么困难——暴风或火灾、大水或地震——笑容和问候声、柔和的询问和使人快乐的志愿，都不断地在使事实美丽起来。在这样的光明中，宗教也不会带来什么暗影：他们在诸佛和诸神之前祈祷时，总是微笑着；庙中的空地，便是儿童的游戏场；公众的大庙宇——是宴乐之场而非庄严之地——里面，设立着跳舞的平台。家庭方面，似乎不论哪一处都带着温柔；绝没有看得见的吵闹，绝没有大声的粗暴，绝没有眼泪与责骂。残暴之事，即使是对于畜类，也是不会有的：上街去的农人，时常傍着他们的牛或马走着，为他们这些不开口的伴侣分担重担，既不用鞭策，也不用刺击；推车或拉车的人，遇到了一条懒狗或者一只笨鸡，即使是在最困难的地位，也总是绕道避开，而不是直撞上去……你可以在这样的环境中，住得很久，绝不会有什么事情使你的精神紧张。

我所说的这些情形，当然现在正在消灭着；不过在最冷僻的地方，还是可以找出来。我曾经住过几处地方，在那里几百年来从没有发生过窃案。在那里明治时代所新建的牢狱，一直空着无用处。那里百姓将他们的大门，夜间和日间一般地开着。这些事实，每一个日本人都是很习惯的。在这样一个地方，你也许要说他们对你这位外国人的客气，不过是官厅命令的结果；但是他们自己相互的友好，你将何以解释呢？当你觉得他们没有暴力、没有粗鲁、没有奸诈、没有犯法，而且知道他们这种社会状况数百年来如一日的时候，你就免不了要相信，你已经进入一个在道德上较高的人类住着的领土了。看到所有这些彬彬有礼、坦白诚实、言语和蔼可亲，你当然会明白，这是由完全的善心所指使出来的行为。至于使你满意的简朴，也绝不是野蛮的简朴。在这里，每一个人都受过教育；每一个人都知道怎样写得好、说得好，怎样作诗，怎样为人客气；不论何处都是干净而趣味盎然，室内也都是光明而纯洁；每天热浴的习惯，更是普遍。每一种往来都由博爱心统治着，每一种动作都有本分指使着，每一种事物都有艺术调度着，在这样的一个文明中，你如何会不着迷呢？你不能不被这些情形所鼓舞而高兴，或者也不能不当你听见他们被人斥为"异教徒"时，而勃然大怒起来。按照你自己心里面博爱心的程度，这些良善的子民，就能毫不费力地使你快乐。对于这个环境所有的感觉，就只是恬静的幸福：这很像一个梦的感觉，在这个梦里，他们给我们的问候，正是我们所喜欢的问候；和我们说的话，正是我们所喜欢听的话；为我们做的事，正是我们所喜欢的事——他们在完全安适的空间中，静默地移动着，在蒸汽一般的光明中沐浴着。是的，这些神仙中人所能给你如睡眠一般的温柔福气，绝不是小小的时间。不论何时，只要你和他们相处得长久些，你的知足心就会和那梦境的幸福融洽无间。你将永不忘却这个梦，永不，它到后来将要升起来，好像春天的烟雾，在灿烂的上午，拢成了非常可爱的日本景色。你一定是快乐的，因为你已完全进入了仙境，进入了一个不是，而且永不能是你自己的世界。你已经脱离了你自己的世纪，经过了无穷的已经没有的时间，进入了一个已为人所忘却的时代，进入了一个已经消灭的年光，回到了和埃及或尼尼微差不多邈古的国家。那就是事物上美丽与奇异的秘密，给人震惊的秘密，他们和他们的事物，所有小巧玲珑、富有魔力的秘密。幸运的凡夫！时间的潮流已为你倒流过来了！不过你要记得，凡此种种，都是妖术，你已经落在死人的迷幻中，所有的光明、颜色和声音，最后都将褪谢到空洞和寂寞之中去。

至少，我们中总有若干人，时常想要在希腊文化的美丽世界中住上几个月。这种心愿，只为了和希腊艺术与思想的动人之处初有接触，在能够想象这古文明的真情况之前，便果然地来了。不过倘若这个心愿是能够实现的，我们却又要觉得我们自己和那些情况不适合了。并不全是为了和环境熟悉的困难，而是为了要和这三千年以前的人民有一样的感觉，那就格外的为难。虽然自从文艺复兴以来，就有了不少的希腊研究，我们还是不能了解希腊古生活的许多事情。例如俄狄浦斯的大悲剧中，所有的情感和情绪，现代人的心思是不能确实地感觉得到的。现在我们对于希腊文明的知识，的确要比我们十八世纪的祖宗进步得多。在法国革命的时代，曾有人想，在法国恢复希腊共和国的种种事情，并且照着斯巴达制度来教育儿童，都是可能的。现在我们都已知道了，在被罗马人征服之前，古代许多城市中，都有社会主义的政体统治着，由现代文明发展出来的人心，到底是不能在它们里面找得到什么幸福的。倘若古代希腊生活果然能复活，我们也绝不能和它相处，也绝不能成为它的一部分，除非我们能够改变我们心理的统一性。不过为了那看得见它而发生的愉快，或者为了那在哥林多参观一个祭礼，或参观全希腊人竞技运动，而发生的喜乐，我们还有多少不赞成呢？……

可是，能够看见希腊已死文明的复兴，能够在毕达哥拉斯的克洛托那城里闲步一会，能够在忒奥克里托斯的叙拉古地方漫游时，比能够确实研究日本生活的机会，并不可以算为什么特权。的确，从进化的观点看来，这不能算是一个特权，因为日本现在所给予我们的种种活景，比那些艺术和文学为我们所熟悉的任何希腊时代，都要古远些，在心理学上也格外要和我们不同些。

一个没有像我们那样发展，而在理智上和我们绝对不同的文明，在不论何种情形中，我们总不能就当它是卑劣的，读者大概总能懂得这个道理，而不用特别提起吧？达到顶点的希腊文明，是代表着一种早期的社会进化的；可是从它里面发展出来的艺术，仍旧在将至高无上的美的理想供给我们。所以现在这个更古的日本老文明，也是保守着一种美的与道德的文化总数，值得我们的惊奇与赞美。只有浅薄的心思——极浅薄的心思——才会将这种文化的最佳处，当做卑劣的。须知日本文明是很特别的，或者不是西方所能望其项背的，因为它在它那简单的本土基础之上，铺上了许多层外国文化的景色，造成了一种极尽错综变化的奇象。这种外国文化中，大部分是中国的，对于这些研究的真相，只有剪辑的关系。特殊而又可惊的事实是，虽然有许多外国文化涂抹在它的上面，而民族的和他们社会的原本性格，却依旧能令人认得出来。日本的奇妙，并不在他所穿着的许多借贷衣服中——正像古代的公主，要穿上十二件颜色和性质都不同的衣服，一件一件地套着，在颈项间，衣袖边，裙边，将五光十色的衣缘显示出来——不错的，真正的奇妙，而是穿衣服者。因为衣服的趣味，在形式和颜色的美丽中，比在可以作为观念的用意中，要少得多，可以作为观念的用意，是代表着爱憎的心思的。至于日本古文明的最高趣味，则藏在它所表现的民族性格中。那性格，经过了明治时代的种种变更，还是依然无羔着。

"提示"这个动词，或者要比"表现"好些，因为这种民族性格是只可以预先知道，而不可以加以承认的。我们对于它的理会，也许得了种族由来的一定知识，可以有一些帮助；可是这样的知识，我们现在还是得不到。人类学家都说，日本民族是由许多民族混合而形成的，而主要的分子便是蒙古利亚种；可是这种主要分子的式样，却又有极不相同的两种——一种是瘦长而带些女性的；另一种则是肥短而强有力的。有人知道，中国分子和高丽分子，在若干区域中也是有的；一大部分虾夷血统的混入，也是免不了的事实。究竟有没有马来或波利尼西亚的分子在里面，现在也还没有确定。因此我们现在可以放胆确定的乃是：这个民族也和其他良好民族一样，是一个混合的民族；原来联合拢来组成它的各民族，已经掺和在一起，在长久的社会教训之下，发展成一个性格一致的式样了。这个性格，虽然在它若干的状态中，可以立刻地认识出来，却给了我们许多极其难以解释的谜。

可是，要格外地了解它，已经成为一件要事了。日本已经进入了竞争的奋斗中；任何民族在斗争中的价值，有赖于性格，正和有赖于武力一般。我们可以知道若干日本性格，倘使我们能够确定那造成它的种种情形的性质——民族道德经验的一般重大事实，我们应该在有国民许多信仰的历史中

　和由宗教而来、为宗教所发展出许多社会创制的历史中，找到这些事实的表现或提示。

选自《日本：一个解释的尝试》

忠义的宗教

  "争战的各社会，"《社会学要旨》（*Principles of Sociology*）的著者[①]说，"必须要有一种爱国心，将他们社会的得胜，当做最高行为的结果；他们必须要有忠义，由那里流出向上的服从来——而且他们要服从，他们必须要有丰富的信仰。"日本民族的历史，将这些真理扩张得非常有力。从来没有别的民族，他们的忠义会有那样更含刺激、更为非常的形式的；从来没有别的民族，他们的服从会有那样格外丰富的信仰来鼓舞着的——那是发源于祖先敬拜的信仰。

  读者可以明白，孝心——家庭中服从的宗教——在社会的进化中，扩张得何等大，究竟则分成了两支，一支成了社会所需要的政治服从，一支则成了军阀所逼迫的军事服从。

---

  ① 斯宾塞（Herbert Spencer, 1820——1903）。

服从的意义，不单是依顺，更是热烈的依顺；不单是强迫的感觉，更是本分的热情。这种本分的服从，它的来源大概是属于宗教的；就像在忠义中所表现出来的，它保持着宗教的性格——成为了一种自我牺牲的宗教时常的显明。在一个好战的民族中，忠义早就有了；因此我们可以在日本的早期史记中，找到若干动人的例证；我们可以找到若干可怖的例证——自我牺牲的故事。

侍臣对于天潢贵胄的主人，每一样东西都不能作为他自己的，事实上理论上都是如此：货物、家当、自由和生命。他所有的一切，只要是必要的，为了他的主人，他就可以不发一声地尽量贡献出来。而这种对于主人的本分，正像对于祖先的本分一样，不以死亡而停止。既然父母的灵魂，必需要由活着的子女供给祭享，所以主人的灵魂，也必须由那些应该直接服从他的人，终身敬拜奉祀着。而且主人的灵魂不能在黄泉之下没有侍从：服侍他的诸人中，至少总有几个人，必须要随着他同死。因此在早期的社会中，就发生了殉葬的风俗，起先是强迫的，后来便成为自愿的。在日本，曾在前一章中说过，大出丧的事情现在还盛行一时，由许多烘干的泥像替代了应有的殉葬活人。强迫的殉死取消之后，自愿的殉死持续到了十六世纪，成了军界的习尚，这些情形，我已经提起过了。那时如有一个侯王死了，十五个或二十个侍臣，自愿切腹以殉，那是很普通的。家康决意将这种自杀的风俗取消，在他著名的遗嘱第七十六条中，有这样的话：

虽然殉葬之事，自古已然，然而绝无理由，人
所共知。孔子讽刺提到了作俑之人，尤为明显。此
类事实，均须严禁，无论直接之侍臣，侍臣之侍
臣，以及最低级诸侍臣，一应在内。违者即非忠信
之士。财产入官，子孙听其贫乏，以为犯法者戒。

家康的命令，果然将殉死之风，在他自己的侍臣中取消
了；可是在他死后，此风依然继续着。一六六四年，幕府将
军发布了一条法令，凡是殉死的人的家属，必须严办；幕府
对于此事，非常热心。那时有一个右卫门兵卫，自己切腹，
告慰了他主人奥平忠政的死，违背了法令，政府立刻就没收
了那自杀者全家的土地将他的两个儿子处了死刑，又将全家
其余诸人都发往边远地区充了军。虽然殉死的事情，就在明
治时代还是有得发现，而德川政府的坚决态度，的确取得了
很好的成绩，因此后来即使是最热烈的忠义之心，大概也只
好在宗教上做它的牺牲，侍臣当他的主人死时，不切腹而只
削发为僧了。

殉死的风俗，只能够代表日本忠义的一方面；此外还有
若干同等显著的风俗，例如军人自杀的风俗，不是殉死，乃
是历来武士训练所传下来的自惩方法。对于这种自惩的切
腹，为了显然的理由，还没有什么禁止的法令制定出来。这
种自杀的方法，早期的日本人似乎是不知道的；它也许和别

的军人风俗一同是由中国传进来的。古日本人的自杀，照日本记中所有的证明，大概只有缢死。以切腹为风俗、为特权的，只有军界最通行。从前的败军之将，或者破城的守将，为了免得落入敌人的手里去，就往往这样结果自己，是个一直传到现在的风俗。大约在十五世纪之末，允许一个武士切腹自尽，免得他受到正法的羞辱，这样的军界习俗，早已是风行一时了。后来一个武士的受命自杀，竟成了他公认的本分。所有的武士，都服从这个教训式的法律，甚至各省区的长官也如此；在武士的家庭中，男女儿童，都受过教训，知道不论何时，为了自己的尊严，或者家主的志愿，有所要求，应该怎样的自杀。妇女，我也应该注意到，她们则不切腹而抹颈。那就是说，将刀子刺入喉间，轻轻地一拨，割断大动脉。关于切腹仪节的种种情形，看了密特福（Mitford）译自日本书籍的记载，大家都已知道，所以我也不必再多说什么了。应该记得的要点是尊严和忠义。要求那武士，准备在任何时间，以兵刃自杀，至于战士，任何不信任（自动的或非自动的），任何困难使命的失败，一件愚笨的错误，甚至是主人一些不快意的眼色，都是切腹的充分理由。在最高等的侍臣中，因为主人失德，无法使之向善，以切腹来死谏，也是一种本分。有好几出剧本的事实，就是以这种英雄的风俗来作为题材的。至于武士阶级中已结婚的妇女——直接向她们的丈夫，而不向主人负责——抹颈的事，时常当做战时保持尊严的手段，虽然有些时候，为了丈夫的猝死，也作为向丈夫的灵魂表示忠义的一种牺牲。^①至于未结婚的少女，为别种理由而死的，也是不少见的。武士的少女，时常算作全家荣辱有关的重要分子，因此有什么阴谋诡计，很容易弄得一个少女自杀，或者为了对于女主人的忠义所激发，也会有舍弃性命之事。因为武士的少女，在服务上必须忠于她的女主人，正和战士对于他的男主人一样；日本封建时代的女英雄，为数甚多。

在古代，定了死罪的官太太可以自杀，早就相习成风了；古代的史记中，就有许多的例证。不过这种风俗，或者一半也是为了古代法律和现在两样的缘故，那时一个人犯了罪，全家都要受罚的，不管事实究竟如何。然而一个丈夫已死的妻子，不因为失望，而因为希望随着她的丈夫往另一世界去，在那里和生前一般地侍奉他，因之而自杀的，的确也是极其普通的事情。女子自杀，代表着古时对于已死丈夫的旧观念的，在最近年代也还有发生。这些自杀平常总是照着封建时代的规例而实行的，妇人死时身上都穿着白衣服。最近，在东京就发生了这样一件无名的自杀，死者是战死的浅田中尉的妻子，她那时不过二十一岁。她一听见她丈夫的死信，便立刻准备她自己的死路：写信和她的亲族辞别，整理她的一切事务；仔细地收拾清楚了她的家室，都照着古时的规例。然后她穿上了她的死服；在客室中，壁龛的对面，铺

---

① 日本道德家贝原益轩在其著作中说："妇女是没有封建之主的；她必须尊敬、服从她的丈夫。"

下了席；将她丈夫的画像放入了壁龛，在她的面前摆好了祭物。等到各件事情都已安排好了，她就坐在画像之前，拿起短剑，轻轻地很熟练地一刺，就将她喉间的大动脉分了开来。

武士妇女自杀的本分，除了保持尊严以外，还可以当做道德的争议。我已经说过，在最高等的侍臣中，往往因为主人有了过失，苦谏不从，不惜切腹而死以为尸谏，也是一种道德的本分。在武士的妇女中——以封建的意义来说，她们是认她们的丈夫为她们的主人的——丈夫有了不端的行为，妻子苦劝不听，也就只好以抹颈为道德的争议。按照妻道，逼得只好走上这条路的理想，到现在还仍旧存在着：这样好好的生命，为了要改正错误的道德，就如此弃之如鸿毛的事实，要引证起来，在眼前不止一件。或者最动人的一件例证，要算一八九二年长野地方选举县长时的事了。有一个名叫石岛的富有选举人，起先会对人家说，他将帮助某候补者得到被选的地位，不久却又改变了宗旨，反去帮助了那个竞争的候补者。他的妻子一听见这个消息，就穿上了白衣服，按照古时武士的仪节，自己抹颈而死。这位勇敢妇人的坟墓，现在还为该县人民用鲜花装饰着，在她的墓前焚着馨香。

奉了命令自杀——任何忠义的武士所不敢梦想发生怀疑的本分——在我们看来，比了别种也是完全听从的本分，觉得要少些困难：所谓别种本分，便是为主人之故，而发生的儿童、妻子以及全家的牺牲。有许多日本著名的悲剧都是讲的这样的牺牲之事，为侯王的侍臣或倚赖者所造成的——男子或者妇女，将他们的子女，来替代他们主人的子女的死。[①]
我们不能说，在这些剧本中的事实，未免言过其实，其中大
都是以封建史为根据的。当然所有的情节都已重新安排过、
扩大过以便适合剧场之用；可是用这种方法将古社会的一般
影像反映出来的，大概比真正的事实还要近情些呢。人民还
是爱着这些悲剧；外国的戏剧批评家所注意的，往往只是那
些流血之事，以为大众都有喜欢看流血的嗜好，作了民族天
性残忍的见证。我想起来却不然，我认为对旧式悲剧的爱
好，恰恰正是外国批评家常常不明白的证据，那是极深刻的
民族的宗教性格。这些剧本继续给人以愉快，不是为了它们
的凶暴可怖，只是为了它们道德的教训，为了它们将牺牲和
勇敢、忠义的宗教，有所表扬之故。它们代表着封建社会的
种种杀身成仁，作为最高尚的理想。

由那个社会一直下来，在种种不同的形式中，同样的忠
义精神，就很显明。就像武士对于他的爵主一样，学徒对于
师傅，伙计对于老板，也都是那样的不论何处都是诚实可靠
的，因为不论在何处，在主仆之间，都有那样互守本分的情
感存在着。每种实业和职业，都有它自己的忠义的宗教。在
这一方面，当必要之时，要求着绝对的服从与牺牲；在那一
方面，要求着和爱与援助。死人的统治竟是弥漫了一切。

报杀父母或主人之仇的责任，和为父母或主人而死的本

---

　　① 极好的例证，可以参看东京长谷川出版的上有精妙画图的剧本，寺
子屋的译文。

分一样，早就有了。甚至在稳定的社会开始以前，这种本分就已存在了。日本最古的历史中，有好些地方，记载了这样的复仇故事。孔子的伦理，将这种责任解释得还要格外确定些，主张与杀父兄杀主人的仇人"不共戴天"；又规定了亲族的等级，在这些亲族之内，复仇的本分是非常重大的。我们应该记得，孔子的伦理，在早时期就是日本统治阶级的伦理，所以一直流传到现在。就像我在别处已经提起过的，孔子的全部伦理，都是建筑在祖先崇拜之上的，正好代表了孝心的扩大与成功：因此这就和日本人的道德经验完全和谐了。既然日本的军人势力渐渐发达了，所以复仇的惯例，就普及了各处，它在后来更受到了法律和风俗的保护。家康自己也赞成这个，不过说，在想要复仇之前，应该呈文给地方刑事法庭，说明自己的意志。他对于这事的言论是有趣的：

> 君父之仇，不共戴天，圣贤（孔子）亦以为非报不可。有此欲报之仇者，应先呈文刑事法庭；虽然于所许之一定时期内，可以报仇而无阻，但不能以扰乱治安之手段行之。未经呈文擅自报仇者，乃系欺诈之豺狼①：或惩或宥，视其举动之情形，以为定夺。

---

① 或称"伪善之豺狼"——那就是说凶暴谋杀之徒，借口复仇，以冀免罪。——日译英者洛特尔（Lowder）注。

亲属等于父母，师长等于主人，有仇都必报复。妇女复仇的著名小说和戏剧为数不少，因为有时那被害的宗族，竟已没有一个男子可以尽此责任，事实上就只可以由妇女或儿童成为复仇者了。学徒为师父复仇，甚至拜把子的弟兄也必须互为复仇。

为什么复仇的本分，不限制在自然的亲属方面，看了那时候特殊的社会组织，就可以明白了。我们已经知道，家长制度的家庭，就是一个宗教的团体；家庭的结合，不是自然情感的结合，而是拜神仪式的结合。我们也已经知道，家庭对于社团的关系，社团对于部落的关系，部落对于民族的关系，都一样是个宗教的关系。最初复仇的风俗，为家庭的、社团的，或民族的拜神仪式那样的结合所约束，正和为血统那样的结合所约束一样，是一个必然的结果。此外中国的伦理传进来了，军界的情形发展了，复仇为本分的观念，就达到了更为广博的范围。承继的子弟，在责任上是和血统的子弟一样的；师长对于学生的关系，就是父亲对于儿子的关系。殴辱自己的父母，须处死刑；殴辱师长，在法律之前，也是一样的罪名。这种对于师长也须孝敬的道理，是从中国传来的：孝心的本分，扩大到了"心思之父"的身上。此处还有别种这样的扩大，探其源流，中国的或日本的，都一般地可以追溯到祖先崇拜去。

现在，在任何讲日本古风俗的书中，没有好好提到过的，是活祭这件事上原来的宗教意义。古社会中，以复仇的风俗作为宗教的起源，当然是人所共知的。不过日本的复仇，其中有宗教性，一直到现在还是这样，却是很有趣味的。活祭大部分是一种赎罪的举动，看了他所举行的仪式便可知道，就是将仇人的首级，放在要报仇的人的墓前，当做赎罪的祭物。这种仪式中，从前举行时最动人的特点，便是向那要报仇的人的灵前，所做的一番祷告。有时这祷告不过用口说，有时也要用笔写，就将这所写的祭文放在墓上。

读我书的人，或者没有一个不知道密特福的杰作《古日本的故事》（*Tales of Old Japan*）和他的译作《四十七个浪人》的。不过我不知道，你们有否注意到洗濯吉良上野介殿的首级的意义，或者注意到那些勇士伺候好久，方得复仇，而向他们已死的主人，做一会祝告的意义。这篇祭文是放在浅野爵主的墓上的，密特福也曾译过。现在还在泉岳寺（Sengakuji）的庙宇里保存着：

元禄十五年壬午（一七〇三年）十二月十五日，臣大石内藏助以迄寺坂吉右卫门等四十七人，冒死奉告于吾故君之灵曰：呜呼，去年三月十四日，吾故君攻伐吉良上野介殿一役，臣等草昧，未悉究竟。不意吾故君无幸，竟以遭害，奸人上野介殿，乃稽显戮。虽政府文告，不许复仇，臣等此举，或非吾故君所愿，然而食君之禄，尽君之事，君父之仇，不共戴天，不共履地，他日泉下相逢，神天随侍，未报君仇，将何以自堪！用是此心乃快，夙夜侦伺，耿耿一日，无殊三秋。冒风雪，绝饮食，老衰疾痛，踵趾相接，濒死者数。螳臂当辕，弥为人笑，然此仇未复，此志未敢懈。昨夜集合，幸告成功，兹将上野介殿，押送吾故君之墓前。匕首一柄，去年曾亲手泽，付与臣等保藏，今以奉献。唯吾故君之灵，大昭显赫，锋刃再亲，割彼奸人之首，义愤永息；尚飨。臣等四十七人谨启。

这是浅野爵主的祷告，就好像他在那里被人看得见一般。仇人的首级，正是按照向活着的君主献馘的老例，仔细地洗濯过。在坟墓前，放着那柄匕首，这本来是浅野听命于政府，而自为切腹之用的，然后由大石内藏动手，用它将吉良上野介殿的首级割了下来。这就算浅野爵主的灵魂，正是用那兵刃割下那个首级了，冥冥中的鬼怒气，也就算发泄完了。他们这四十七个侍臣，本来是早已奉判切腹自尽的，现在才个个自杀，追寻故主于地下，埋在他们故主的案前。在他们的墓前，二百年来，有那些尊敬他们的游客，时时来将馨香凭吊着。①

人必须要在日本住过，感觉日本古生活的真正精神，才

---

① 游客们将名片放在这"四十七个浪人"的墓上，好久以来，已经相习成风了。我最近到泉岳寺去游览的时候，坟墓四周的地上，一片雪白，遍是名片。

能理会这个故事中全部的忠义；但是我想谁将密特福君对于这事的叙述，和相关文件的翻译，加以仔细阅读了，就一定会受感动。那篇祷告，尤为动人心魄，为了它所显出的热情和诚信，和对于另一世界尽本分的感觉。不论我们现代的伦理，怎样的看不起复仇，可是许多复仇的日本故事，却自有他们的高贵之处；感动我们的并不是什么卑鄙复仇的表现，而是为了他们的感恩、自制、不怕死的勇敢，对于看不见的世界的信仰，所显出来的解释。这件事的意义，当然就是我们无论自知或不自知，都为他们的宗教性所感动了。不过个人复仇——为个人损伤的延期报复——是不符合我们的道德感情的：我们知道，引起这种复仇的情绪只不过是残暴的情绪是和畜生差不多的人所做的事情。可是为了本分所在或者对于已死的主人尽忠，所以不得不复仇，在这样的故事中，那就可以得到我们在道德上较高的同情，使我们感觉到不自私、忠心耿耿、鞠躬尽瘁，所生发出来的力量和美丽来。四十七个浪人的故事，就是这类故事中的一分子。

　　不过我们还须记得，古来日本的忠义宗教，在殉死、切腹、活祭这三种可怕的风俗中得到了最高的表彰，而它的范围却是狭窄的，它有社会的习惯法限制着。虽然全国中这样的事不胜枚举，不论何处都可以找出性质相同的本分观念来，而那种本分的范围，以个人而论，是绝不会越出他所属的团体的。侍臣不论何时都可以为他的主人去死，可是他若不是属于幕府将军的军旅中的，他就觉得他不必为了那幕府政府有所牺牲了。他的故乡，他的祖国，他的世界，都在他主人的领土之内。在那领土之外，他不过是一个流落者，一个浪人，意思便是无主人的武士。在这些情形之下，向国族发生爱心的较大的忠义——不照古代狭义而照近代广义而说的爱国心——就不会充分地发展了。什么共同的祸患，什么全民族的危险，什么鞑靼人的来侵，也许暂时可以激发爱国的情感；但是在另一方面，那种情感是不会进步的。伊势的礼拜的确和部落的或宗族的礼拜不同，可以算得国族的宗教；但是每一个人却都受过教的，都须相信，他第一个本分乃是对于他主人。一个人不能周到地侍奉两个主人，封建制度将其他方面的趋向都取消了。主人完全占有着侍臣的身体与灵魂，在对于主人的本分以外，对于国族的任何本分观念，在侍臣的心目中是没有一些影踪的。例如一个平常的武士，就不会将皇命当做法律。他只知道在他的侯王的法律以外，便没有什么别的法律。至于大名呢？他就可以按照情形依从或不依从皇命了。他直接的高级长官乃是幕府将军，他不能不为他自己，在天皇为神和天皇为人这两项事情上，作一个政治的分别。在军力得到最后集中之前，为皇帝而舍命的诸侯，固然不少；但是公然反叛皇帝的侯王，为数尤其多。在德川柄政的时代，依从或违抗皇命的问题，完全要看幕府将军的态度；从来没有一个侯王，会冒险依从西京的朝廷，而不依从江户的朝廷的。在幕府制度取消之前，从来没有过。当家光的时代，大名们到江户来时，是绝对不许走近皇宫的，甚至是应皇命的宣召也不能；他们也不许向御门（天皇）有所直接的请求。幕府的政策，是要防止西京和大名间的种种直接往来。这种政策，二百年来，遏灭了不轨的奸谋；不过它却也阻挡了爱国心的发展。

就是这个缘故，当日本意外地遇到了西方侵略的时候，侯王制度的取消，就觉得是最重大的事情。那巨大的危险，使社会的种种结合不能不融合成一个集体，以做一致的行动。部落或宗族的团体，就须永远地解散；所有的主权，应该立刻集中于国族宗教的代表者；服从天皇的本分，从此以后就替代了服从各地诸侯的封建本分。忠义的宗教，是千年来因战争而发展的，并没有就此丢弃了；正当地利用着，简直就是价值无量的国族遗物。倘使有聪明的意志向聪明的目的指导着，就是能成种种奇迹的道德力量。它不能因改造而受破坏，它只能受转换与变更。因此转换到了更高贵的目的上，扩充到了更大的需要上，它就成了信托和尽本分的全国新情感：现代的爱国心。在三十年中，它究竟做成了多少奇事，现在的世人，不能不加以承认；它将来能够做成多少，将来自然可以知道。至少有一件事是可以确定的——就是日本的将来，必须倚赖着这长久以来，由古人遗传下来的忠义的新宗教，有所维系而不丧失。

选自《日本：一个解释的尝试》

关于永久的女性的

为了人类的隐喻，我们探索着诸天，
就在所有的太空中，找到了我们的寓意：
我们用那喀索斯（Narcissus）的眼光注视着自然，
不论何处，都为我们的影子所迷眩了。
——瓦特孙（Watson）

　　任何有理智的住在日本的外国人，不久就会觉得，日本人愈加学习了我们的美学和我们的情绪性格，他们似乎就愈加不会受到什么影响。欧洲人或美洲人，要想和他们谈谈西方的美术，或者文学，或者形而上学，就会觉得不能得到他们的同情。他将被人客气地倾听着，可是他的滔滔雄辩，也只能引起他们一些惊奇的谈论，和他所希望、所期待的完全不同。像这样的失望经过了许多次，他对于他的东方听众，就不得不用他对于同样态度的西方听众，加以判断的话来判断他们。他们既然对于我们看做艺术和思想的最高表现，而只一味地唯唯否否，我们自己的西方经验就使我们证明了他们心智的无能力。因此我们可以找到有一种外国人，称呼日本人为儿童的民族；同时另有一种外国人，连住在日本已经多年的大多数人在内，便判断他们为完全物质主义的民族，不管它的宗教、它的文学和它那无比的美术上，有什么证据。我不能不说，这些判断，正和哥德斯密（Goldsmith）对约翰生（Johnson）讲到文学会（Literary Club）时一样靠不住："在我们中间，没有什么新事情了；我们彼此的心思，都已熟透了。"一个有教化的日本人将要用约翰生著名的反辩来回答说："先生，我想你还没有熟悉我的心思呢！"所有这些评论，在我看来，似乎都没有认识清楚日本的思想和情绪，是发源于他们祖先的习惯、风俗、伦理、信仰，在若干事情上，在不论何种极其不同的事情上，都和我们所有的情形相反。现代的科学教育，在这些心理学的材料上有所活动，不过是种族的差别愈加显著罢了。只有一半的教育，能诱引日本人来仿效西方的方法。他们真正的心智力和道德力，他们最高的理智，都坚决地反抗着西方势力。看了那些比我观察还要清楚的人，谈论这些事情的话，我可以确定地说，那些曾在欧洲旅行过，或受过教育的日本人，是应该作为高等的人类而加以特别注意的。的确，新文化的结果，在那被莱因（Rein）轻易当做儿童民族的民族里，比任何别的，更能显出极强固的保守能力来。日本人对于西方观念的某一类，所以有这种态度的种种原因，虽然很难使人完全了解，而在我们却不能不将我们对于那些观念的估价重加考虑，更不能说东方人的心智是没有能力的。现在，讲到那许多成为问题的种种原因，其中有些只能空空洞洞地加以设想着。不过其中至少有一个——极其重要的一个——我们可以充分地研究着，因为不论是谁，在远东住上几年，就不能不承认这原因的存在。

二

"先生，请你告诉我们，为什么在英文小说中，讲到恋爱和结婚的事情会这样多，这在我们看来似乎是大大的稀奇的。"

这个问题，是我正在向我的文学班——十九至二十三岁的少年人——解释为什么他们虽然能明白泽丰兹（Jevons）和詹姆士（James）的逻辑，而不能理解一篇合格小说中的若干章时发生的。在种种情形之下，这不是一个容易回答的问题；实际上，倘使我没有在日本住过若干年，我是不能回答得使人满意的。结果是，虽然我的解释要竭力说得简短些，却还费了两小时以上的光阴。

我们的社会小说，能使日本学生的确理会的，为数并不多；这事的原因，不过是因为他们对于英国社会，不能得到一个准确的观念。在他们眼里，非但在特殊的意义上，英国社会是一种神秘，便是在一般的意义上，所有的西方生活都是如此。任何社会制度，不以孝敬为道德的结晶的；任何社会制度，儿童离开了父母另外去成家的；任何社会制度，居然以爱妻子和儿女超过爱生身的父母，不但是自然的，而且是正当的；任何社会制度，婚姻之事可以完全不用父母顾问，而由子女自己互相地愿意的；任何社会制度，媳妇不必虔诚侍奉婆婆的，在他们看来，这些生活状况，简直和空中的飞鸟、旷野的走兽差不多，或者至多也只能说是道德上的混沌。所有这些事情，都在我们的小说中反映出来了，真正给了他们许多闷葫芦。我们对于恋爱的观念，和我们对于婚姻的用心，就是这些闷葫芦中的几个分子。在年轻的日本人看来，婚姻之事不过是一种简单而自然的本分，到了一定的时间，是由他们的父母，为他们做主安排一切的。至于外国人为了要结婚，就有许多困难发生，在他们真是十足的哑谜；可是著名的作家，一定要写这样事情的小说和诗歌，而那些小说和诗歌又极为人所崇敬，这就格外地使他们大惑不解了——在他们看来，似乎是"大大的稀奇的"。

我那位年轻的问询者，为了客气的缘故，所以说"稀奇"。他实在的意思，或者格外准确地说来，乃是"不堪"。不过我说著名的小说，在日本人的心思上是不堪的，我那英国的读者们，也许要误会我的意思。日本人到底不是病态得过于正经。我们的社会小说并非为了题旨是恋爱而使他们当做不堪。日本人讲到恋爱的文学，也有许多。不错的，我们的小说在他们看来似乎是不堪的，正有些像是为了这个理由，那便是为了圣经说的，"因此一个人要离开他的父亲和母亲，要和他的妻子密切着"，在他们看来，这竟是从古以来，最不道德的说法之一。换言之，他们的批评，需要一个社会学上的解释。要将我们的小说，为什么他们想来便是不坏的理由，详细解释起来，我就应该将日本家庭的全部组织、风俗和伦理，和西方生活中任何事情都完全不同的种种事实加以叙述；而要达到这一步目的，即使是随便敷衍一下，也非写成一巨册不可。我不能尝试一种完全的解释，我只能将一种可以参考的性格，所发生出来的若干事实，引证一回。

我可以明白地说，我们的文学，在小说之外，一大部分都是反对着日本人的道德意义的，不单因为他讲到了恋爱的热情，而是因为他讲到了和贞淑闺女有关系，因此也就和家庭团体有关系的热情现在，以通常的为例，在最好的日本文学中，以热烈的情感为题旨的，却不是那种成为眷属关系的恋爱。那竟是另外一种恋爱，东方人并不过于正经的一种恋爱，不过是为了体貌上的吸引力而发生的迷恋；书中的女主角，并不是清高家庭的闺女，却大半是以舞蹈为业的艺伎。这种东方式的文学，描写的内容，也是不和西方的文学风气相同的。例如和法国文学：它的艺术立场不同，描写情绪的知觉也是另外的方法。

一种民族的文学是必定有反射性的，我们可以断定，凡是它所描摹不出的，在民族生活上一定也是少有或没有表现的。现在日本文学，对于我们的大小说家和诗人当做大题旨的恋爱，所有的保留，正和日本社会，对于同样的题材，所有的保留，持一样的意见。在日本的罗曼史中，那特殊的妇女时常被写成一个女英雄、一个完美的母亲、一个孝顺的女儿，愿为自己的本分牺牲一切；一个忠实的妻子，跟着她的丈夫出战，帮他打仗，舍了她自己的性命来救他的性命。从来不写成一个感情浓烈的闺女，为了恋爱以致人于死。我们也可以看出，她在文学的表现中，也不是一个危险的美人，一个男子的诱惑者；在日本的真正生活中，她是从来不会做这种人的。社会是男女混杂，以女子的魔力为最高尚最纯洁的魔力的，这样的社会，在东方从来没有见过。甚至在日本，以社会这个名称的特殊意义说来，他们的社会是属于男性的。因此，在首都里面若干限定的团体内，采取了欧洲的习尚和风俗，表示着社会的变化就要开始，最后总要照着西方的社会观念来改造那民族生活的，也不是轻易便可相信的事情。因为这样的一个改造，就要关联到家庭的分散、全部社会组织的崩溃、全部伦理制度的摧毁——简单说来，民族生活的破碎。

将"女子"这一名词作为最精粹的解释，并且设想有一个社会，里面是难得有女子出现的；有一个社会，女子在里面是从来不见"世面"的；在这个社会里面求爱之事是完全谈不到的，而对于妻子或女儿最微弱的礼貌是粗暴的不耐烦的。读者便立刻可以达到某种奇异的结论而能知道我们这里最受欢迎的小说，所给予那个社会里面的人的，是些什么印象了。不过他的结论，虽然一部分是对的，但在若干一定的事情上，总也达不到真正的究竟，除非他对于那个社会的禁例和禁例背后的伦理观念，也是知道一些的。例如，一个高雅的日本人，永不会向你谈到他的妻子（我是以一般而论），也很难得讲到他的儿女，虽然他也许很以他们为光荣。也很难得会听见他讲到他家庭中的任何人，讲到他的家居生活，讲到他任何的私事。不过倘然他有时竟会讲到他的家中人，那么他所提起的人，大概准是他的父母。他讲到他们的时候，要带着一种近乎宗教感情的尊敬，可是态度方面，却又和一个西方人所以为自然的又很不相同，而且从来不会在他自己的父母和别人的父母所做的种种事业之间作什么心理的比较。不过即使对于被请去参加他的婚礼的客人，他也总不会谈一些他妻子的事情。而且我可以安然地说，那最贫苦和最蠢笨的日本人，不论他是何等的为难，他从来不会提起他的妻子，或者甚至也不提起他的妻子和儿女梦想要得到一些帮助，或者要向人乞怜一下。但是他为了他的父母或祖父母的缘故，他就毫不迟疑地要请人帮忙了。妻子和子女的爱，西方人是当做所有的情思中最强烈的情思的，在东方人看来，不过是一种自私的爱感。他承认，所统率着他的，是一种较高尚的情思——本分：第一，对于他的天皇的本分；第二，对于他的父母的本分。既然爱只能当做一种自爱的感情，那么日本的思想家，不问爱是何等的纯洁或神圣，不肯当它是种种动机中最高尚的，却并没有错误。

在日本较为贫苦的阶级里面，并没有什么秘密；可是在较为高等的阶级中间，他们的家庭生活，就比任何的西方国家，连西班牙在内，格外的不肯开放给人注意。那是一种外国人看见得很少，差不多完全不知道的生活，所有讲到日本女子而写的文字，都是背道而驰的。①你被请到一个日本朋

---

① 然而我不是指着那些特别的人说的，他们在茶坊酒肆，或者还要坏的地方住过了短短的时间，就此回到本国，写那些讲到日本女子的书籍。

友的家里去，对于他的家人，你也许看得见，也许看不见，那完全要看当时的情形。倘使你能看见他们中的任何一人，那大概也不过是一霎时的工夫，而那时你大概可以看见那妻子。进了门，你将你的名片给了仆役，他不久就回来，接引你进入了客室。客室，时常总是一个日本人的住宅中最大最美丽的部分，在那里给你跪的垫子已经准备好，在它的前面放了一个烟盒。那仆役又将茶和点心送给了你。片刻之间，主人自己进来了，在缺不了的施礼以后，就开始谈起天来。倘使你被请吃饭，你也答应了，那么那位妻子，因你是她丈夫的朋友，便要在顷刻之间来伺候你，给你面子。你是否将被正式地介绍给她，那是没有一定的；但是你一眼瞥见了她的衣着和头饰，你就立刻可以知道她是谁，那你便须用最郑重的敬意向她道候。她也许要使你觉得（尤其是在一个武士的家庭里），她是一个非常娴雅而又极其严肃的人，绝不是一个多笑多鞠躬的女子。她很少说话，不过是尊敬你的，也将用自然的优美侍候你一会，那自然优美的状态是一种启示，然后她将款款地离你而去，在你告辞的时候才再得看见，那时她将在门口重新出现，向你道别。在另外继续着的若干拜会中，你可以得到她若干相同的动人的瞥见；或者，也能得到那高年父母的若干较为稀少的瞥见；倘使你是一个很受欢迎的客人，最终孩子们也会来向你道候，用着那奇妙的客气和温柔。可是那个家庭里最内在的密切生活，无论如何是不会向你宣露的。你所看见的，只是纯洁、温和、优雅，可是对于他们彼此之间的关系，你将一点也不知道。在那隔断内室的，美丽的垂帘背后，一切都是静默而又和平的神秘。照日本人的心理看来，为什么要换个样儿？简直是毫无理由。这样的家庭生活是神圣的，家室乃是圣所，如若要将幕子拉开些，那便是大不敬。这种以家室和眷属关系为神圣的观念，无论如何，我总想不出它们比西方对于家室和眷属的最高概念，究竟有什么不及之处来。

然而倘使这个家庭里是有成年的女儿的，那么来的客人大概就看不见那妻子了。那些格外娇怯，而同样静默和畏缩的少女便出来欢迎客人。她们甚至可以听着吩咐，弄弄什么乐器，将她们的针线或图画取出来看看，或者另将家传的宝物或古物取出来陈设一下，以娱来宾。不过所有的温柔与和蔼，都和那本国文化的极端自持是分不开的。来宾自己亦不可稍于自持有亏。除非他的年龄已高才可以和父执一般地自由说话，否则绝不可以有一些个人的郑重致意，或任意说一些轻轻的奉承话。在西方可以取悦妇女的言行，在东方是要被当做愚蠢的粗暴的。来宾绝对不可以讲到那少女的面貌、姿态、妆饰来恭维她，更加不可以将这些话来恭维一个妻子。可是读者也许要反对说，的确有若干时候，这样的恭维是省不来的。这是真的，因此逢着这样的时机，在没有恭维之先，就要极谦卑地道歉，然后才说要说的话。这样，说的话才能得到欢迎，并且有一句比我们"请勿介意"更客气的话回答着，那是说，勿以恭维的粗暴而介意。

　　不过在此我们就讲到了关于日本礼节的大问题了，我必须承认，我自己对于这事还是很不明了。我上面所说的话，不过是要使人知道，我们西方的社会小说，对于东方人的心理，在纯洁方面有多少缺失。

　　一个人讲说自己对于妻子和儿女的爱感，讲说任何与家庭生活极其有关的话，那是完全和上等日本人的观念不相合的。我们时常将家庭的关系公开承认，或说展览，在有教养的日本人看来，即使不当做绝对的野蛮，至少也将当做狎昵难堪。外国人对于日本女子的地位，所以有完全不正确的观念，就大概是因为日本人有这个意见。在日本，甚至丈夫要和妻子在街上并行着，也是风俗所不许可的；若说将他的臂膊给她，或者在上下楼梯的时候来帮助她，那就更加不可以了。不过这并不是他没有爱感的证明，这不过是他们的社会意见完全和我们的不同的结果；这不过是在公众前显示夫妇关系是不正当的观念，成为了一种礼节，不能不服从罢了。为什么不正当？因为这样的显示，在东方人判断起来，似乎是一种个人情思的告白，因此也是自私情思的告白。东方人的人生定律是本分。不论何时何地，爱感必须附属于本分之下。任何个人爱感的公然显示，就等于道德上有缺点的公然告白。那么这样说来，是否爱妻子也是道德上的缺点呢？那又不然。一个男子爱他的妻子，乃是当然的本分；不过爱她胜过爱他的父母，或者在公众之前注意她，比注意他的父母还要加甚，那就是道德上的缺点了。不错，就是对于她表示同等的注意，也可以成为道德上缺点的证据。父母在世之时，她在家庭中的地位，不过是一个义女，最有爱感的丈夫，甚至片刻之间，也都绝不可以让他自己忘却了家庭的礼节。

在此我必须讲到西方文学中，一个永不能与日本观念和风俗调和的特性来。读者可以想一想，在我们的诗歌和散文小说中，接吻、抚爱、拥抱之事，要占据多少大的地位；然后再想一想，在日本文学中，这些事情是绝对没有的。因为在日本，接吻和拥抱是爱感的表现，简直是没有人知道的，倘然我们将日本的母亲们，和全世界的母亲们一样，在适当的时间也会亲吻着和怀抱着她们的小孩子，这样唯一的事实除去不算。一脱离小孩子的时候，那就不会再有亲吻或怀抱了。这些动作，除了是婴儿之外，都是当做很不规矩的。从来没有少女们会互相接吻的；也从来没有为父母的，会亲吻或拥抱他们那些已能走路的子女的。这种规律通行在社会上各种阶级里面，从最高的贵族到最卑的乡民都是如此。在这个民族的历史中，任何时代的文学里面，也绝对找不出有什么地方，爱感的表示是比现代较为显然的。一件文学作品里面，从头至尾没有提起一些接吻、拥抱甚至握手的，在西方读者看来，或者总要觉得有些难以想象吧；握手之事，对于日本式的冲动，也正和接吻一般，完全是陌生的。还不止这样，即使是乡下人的俚歌，民间对于不幸的恋爱者所通行的古谣曲，在这些事上，也是和那些廊庙诗人的风雅诗歌一样，是从来不提起的。我们可以取古时俊德丸①的民歌，来做一个例证，那民歌便是后来西部日本许多俗谚和家常话的来源。在这个故事中，讲到有两个订婚的情人，被一种凶暴的不幸长久地拆散着，彼此走遍了全国在找寻着，末了借着神道的保佑，居然在清水庙之前遇着了。任何雅利安人种的诗人，描写这两个情人的相会，哪有不是各自投到彼此的臂间，而做着爱的接吻和呼唤呢？可是这日本的古民歌，却又怎样形容这个相会呢？简单地说来，这两位情人，不过在一处坐了下来，互相微微地抚慰了一下。现在，就是这种自持的抚慰形式，也是情绪上极端很少的放肆了。你常常可以看见父亲们和儿子们、丈夫们和妻子们、母亲们和女儿们，多年的阔别而又遇见了，可是你总看不见他们中间有一些抚慰的接近。他们将跪下来互相致敬、笑笑，或者为了快乐而稍稍落泪；可是他们永不会急急地投入彼此的臂间，也不会说出非常热情的话来。的确，所有热情的称呼，如"我的亲爱"、"我的挚爱"、"我的美爱"、"我的恋爱"这一类话，在日本人中是没有的，此外和我们情热的惯语相仿佛的称呼，也是找不出来的。日本人的爱感并不以言语来表现：大概只以非常温柔而和爱的举动来表示。我也可以加上一句说，相反的情绪，也是处于同样的完全克制之下；不过要详说这件特殊的事实，那就非另外再写一篇文章不可。

---

① 见《和风之心》，吉林出版集团有限责任公司，2011。

三

谁在公平地研究东方人的生活和思想的，也必须从东方人的观点上，来研究西方人的生活和思想。而这种比较研究的结果，他会觉得大大出于意料。按照他的性格和他能理会的才能，他将受一些东方势力的影响，而将他自己顺从了这些势力。西方生活的种种条件，他渐渐地觉得意义新鲜而别致，他素来所熟悉的情形，便丧失了许多。他曾以为正确而真实的，他也许开始要怀疑，究竟西方的道德理想的确是最高的吗？他也许对于西方风俗，放在西方文明之上的评价，于倾向以外，竟至辩驳起来。究竟他的怀疑是不是最后的否，那是另一件事；这些怀疑至少总是有理由的、有力量的，足够永久地修正他若干从前的信心。在许多信心中，第一个便是西方崇拜女子为"不可及的人"、"不可思议的人"、"神圣的人"的道德价值，便是"你不能认识的女子"（la femme que tu ne connaitras pas）①的理想——"永久的女性"的理想。因为在这古旧的东方，"永久的女性"是完全的不存在的。谁已惯于没有她而能生活了，就要自然而然地断定说，她对于理智的健全，并不是绝对的主要的，甚至就要发生疑问，世界的那一边，对于她那永久的存在果然必要否。

---

① 波德莱尔（Charles Baudelaire；1821—1867）的用语。

四

说"永久的女性"在远东是没有的，还不过讲了真理的一部分。在极远的将来，可以将它介绍过来，那也不是能够想象的事。关于它的种种观念，能够放入这一国的语言中去的，为数也很少。那语言里面的名词是没有男女性的，形容词是没有比较的等级的，动词是没有第几人称的；那语言里面，张伯伦（Basil Hall Chamberlain）教授说，拟人法的缺少，是"一种根深蒂固，流行各处的特性，甚至要和中性名词与及物动词联合的作用相冲突"。①他又说，"实际上，大多数的隐喻和寓言都是不能向远东人的心思作解释的"：他就引证了华兹华斯（William Wordsworth）的诗句来说明他的意见。可是即使比华兹华斯还要透彻的诗人，在日本人看来也是一样的模糊不清。我记得我有一次，将丁尼生一首著名的短歌中，下列的一句简单话，向一班高级学生解释的时候，就遇到了困难——

她比白昼还要美丽。

我的学生们都能明白形容词"美丽"区别"白昼"的作

---

① 参阅*Sacred Books of the East*, Vol. XXI, Chapter XI。Kern所译的全文。

用，和同一个形容词分开来区别那"少女"这名词的作用。但是在任何人的心思中，于白昼的美丽和少女的美丽之间，居然会有类似的观念，那简直是他们所不能理解的。为了要将那诗人的思想灌输给他们，那就不得不用心理学的方法来分析她，在那被两种不同的印象所激起来的两种快感之间，是有一种可能的内在的相似的。

因此，那语言的本质使我们知道，在种族的性格中，早就有许多趋向种下了深深的根蒂。由着这些趋向，我们是必须要当做——倘使有当做的必要——远东没有和我们的重大理想相关的理想的。这些趋向，是种种的原动力，比现在的社会组织要古老得多，比家庭观念也古老，比祖先崇拜也古老，比孔子的训谕更是要古老，孔子的训谕是东方生活中许多事实的说明，而非她们的反映。不过既然信仰和实际反抗着性格，而性格也必须重新反抗着实际和信仰，因此要在孔子之道里面找寻种种原动力和种种解释，那已经不合理了。至于性急的批评家反对着神道教和佛教，只为了他们是不赞同女子的天然权利的，那尤其是不合理。神道教的古信仰，对于女子，至少总和希伯来的古信仰一样的温柔。在神道教里，女神的数目并不比男神少，敬拜她们的人，想象中也不会比希腊神话的幻梦减少魔力。其中有几个，例如So-tohori-no-Iratsune，据说她们美丽的身体上，会从衣裳里发出光亮来的；而一切生命和光明之本源，永久的日球，也是一位女神，名称是日照大神。处女们都有成为古神，在所有信仰的赛会中突出的；国内千百处的庙宇里，对于做妻子和母亲的那些女子的纪念，正和对于做英雄和父亲的男子的纪念一般地敬拜着。较后由外国传进来的佛教，也不能说它在精神的世界里，将女子的地位比西方的基督教压得更低，而对她便有所不满。佛和基督一样，也是童女所生的；佛教中最可爱的诸神，除了地藏之外，都是女性，在日本的美术中和日本的普通玩偶中，都是如此；而且佛教徒中，也和在天主教的圣徒中一样，圣洁的女子是有受人尊敬的地位的。至于佛教和早期的基督教一样，对于女性的可爱，加以竭力地排斥，那是真的；而在她的创造者的教训里，和在保罗的教训里一样，社会方面和精神方面的优越地位，都归给了男子，那也是真的。可是，在我们对于这事找求材料的时候，我们绝不可以忽略佛向各种阶级的女子所表示的好意，亦不能忽略较近的一个材料里面，有那非凡的故事，说教中不给女子以精神界最高的机会，那是完全错误的。

在《妙法莲华经》第十一章里写着，有一个少女，在菩萨之前，已经于一刻之间，得到了最高的智慧；于片刻之间已经得到了千百次参禅的美德，又阐明了各种大法的根源。这少女走来站到了菩萨之前。

可是智积菩萨却怀疑着说："我曾见过释迦牟尼教主，努力以求大发光明，无数年来，曾力行诸善。世界各处，即一芥子所在之地，彼亦鞠躬尽瘁，为一切有生效力。如是之后，彼方大发光明。今此少女，片刻之间，即已得大智慧，其谁信之？”

圣僧舍利弗也是怀疑着说："姐妹，女子而能完成六德，事或有之；唯成菩萨，则尚无前例，因女子固不能修至智积菩萨之地位者。"

但是这个少女，却叫菩萨作她的见证。立刻之间，在诸神之前，她的凡身不见了；她已将她自己变成一个智积菩萨，在十方诸天之内，充满着三十二式的光辉。世界以两种不同的方法震动着。舍利弗就此不做声了。

五

不过要在西方与远东之间，感觉到一种在理智的同情上，的确成为极大的阻力的真实性，我们就必须重视这种东方所没有的理想对于西方生活所发生的大影响。我们必须记得，那理想对于西方文明已经成了什么东西。对于它所有的娱乐、繁华和奢侈；对于它的雕刻、图画、装饰、建筑、文学、戏剧、音乐；对于许多工业的发达，已经成了什么东西。我们必须想到它对于种种仪节、风俗和趣味的语言，对于行为和伦理，对于差不多不论哪一种公和私的生活，总而言之，对于民族的性格有些什么影响。我们也不可忘记，形成这理想的种种吸引力——条顿的、凯尔特的、斯堪的纳维亚的、古典的，或中世纪的，希腊对于身体美的颂赞，基督教对于圣母的敬拜，武侠的提倡，使所有旧的理想主义加上粉色，并得到新意义的文艺复兴——必定在和那雅利安语言一般远，为大多数远东民族所不知道的种族感情里。倘使没有它们的产生地，也是有它们的营养品的。

这种种吸引力，联合起来形成了我们的理想，而古典的分子都是最有势力的。这是真的，希腊对于身体美的观念，已经接近古时和文艺复兴所不知的灵魂美了。这也是真的，进化论的新哲学，强迫人承认"现在"是在为"已往"付着极大的代价的，对于"将来"的本分，创造完全的新理解的，将我们性格价值的观念非常地提高的，它比从前所有的吸引力，在女子理想的最高精神化这件事上，已有过更多的助力。只是，不论她在将来的理智扩张中，怎样更深远的精神化，而这个理想总必依照她的本性自始还是艺术的，而有是意义的。

我们所看见的"自然"，并不像一个东方人看见的"自然"，也不能像他的艺术所证明的他所看见的。我们所看见的她，要实际些；我们所知道的她，要亲切些。在某种方向上，的确，我们的美感，已经发展到一个为东方人所比不上的精美的程度了，可是那个方向是属于情热的。我们从古以来，便崇拜着女子的美丽，因此我们习知了若干"自然"的美丽。身体美丽的知觉，是各种美感的主源。我们归功于它，正像我们归功于我们的比例观念，我们对于秩序的过分嗜好，我们对于平行线、曲线和许多几何学上的等形的喜欢一样。在我们审美进化的过程中，对于女子的理想，至少已成为我们一种审美的抽象性了。在那抽象性的幻景中，我们只觉得我们世界的美妙动人，不管种种的事物，也许只像在热带的大气，飘着五颜六色的云雾里面所看见的一样。

不论何种东西，曾由艺术或思想，使之和女子一样的，已都由那个暂时的象征关照着和改变着：因此，数百年来，西方人的幻象，只是在将"自然"渐渐地女性化。所有使我们愉快的东西、想象都将它们女性化了：天色无限柔和、水的易动、黎明的玫瑰色、白昼的大抚慰、夜和天上的诸光，甚至永远起伏着的冈峦也在其内。种种的鲜花和叶子的嫣红，种种香美可爱的东西；快乐的时令和它们的声息；溪流的嬉笑、树叶的微语和暗中抑扬呜咽的歌声——所有种种的景象或声音，凡是能触及我们对于可爱的、精致的、美妙的、温柔的各种感觉，都给我们做成了女子的迷梦。我们的幻想肯将男性给予"自然"的地方，只有在严肃中和在强力中，似乎是以这些粗暴而巨大的对照，来故意衬出"永久的女性"的魔力。不错，甚至是可怖之事的本身，只要充满着可怖的美丽甚至是破坏，只要是有破坏者的风光在上面的，在我们看来，便都可以成为女性。景色与声音，只要是有一些神秘、高尚或圣洁的，在那错综繁复、如网一般的情热感觉中，都对于我们有同样的效力。甚至宇宙间一切最细微曲折的天然力量，都向我们讲说着女子，对于她那态度上的可惊，对于初恋时幽灵般的震动，对于她那永久迷人的谜语，新科学已经教了我们许多新名词。因此从人类的简单热情，经过了许多影响和变化，我们终于得到了一个万有的情绪，

101

一个女性的万有论。

<h1 style="text-align:center">六</h1>

　　讲到这里，也许有人要问，在西方人的审美进化中，这种情热影响的种种结果，究竟大半是有益的吗？在我们夸耀着当做艺术胜利的，所有那些看得见的结果下面，难道就没有潜伏着而看不见的结果，将来宣示出来使我们的夜郎自大受一下震惊吗？我们审美的才能，果然可靠，不使我们误入歧途，只凭着一种简单的情绪观念，以致眼前错过许多"自然"的奇妙状态吗？在我们审美感觉的进化中，这个特殊情绪所有卓越无伦的效果，果然是这个吗？最后，人还可以问，假使这卓越的影响果然是最美的了，而在东方人的心灵中，谁又保得住没有一个更高的呢？

　　我不过是贡献一些问题罢了，并不想回答它们。可是我在东方住得越久，我就越相信，在东方有许多精微的艺术才能和知觉，程度之高，为我们所难以理解，正像我们难以理解那些我们想象不出、为肉眼所看不见的颜色，而居然能为分光器所证实一样。我想，看了日本艺术的某几种状态，就可以明白这样的可能性了。

　　在此要一一详述起来，那是既困难又危险的。我只好做若干通常的观察。我想这种奇妙的艺术所告诉我们的，就是在"自然"的形形色色里面，那些我们不分男女性格的，那

102

些不能以天人一贯来看待的，那些既非男性也非女性，而只是中性或无名的，都是为日本人所最爱而最能理会得到的。不错，它在"自然"里面所看见的，正是我们数千年来所看不见的；现在我们正向它学习着许多生活的状态和方式的美丽，为我们从来所不知道的东西。我们到底发现了它的艺术——不管西方人的偏见在相反方向上的独断确定，也不管它最初给人的那种不确实的妖异印象——到底不是什么怪想的创作，只是已有的和现有的种种事物的一种实在反映。因此我们承认，只要一看它对于鸟类生活、虫类生活、花卉生活、树木生活的种种研究，比艺术上较高的教育绝不会有所不及。例如将我们最佳的虫豸画，和日本的虫豸画相比较。将贾科梅蒂（Giacometti）为米细勒（Michelet）《昆虫》一书所作的图画，和日本皮烟袋或金属烟管上印着作装饰的最普通的图画作比较。欧洲的工笔描绘，在实际方面只是不足轻重，而日本的画家，只需寥寥几笔，便具有无上的表现力，不但将那东西形象上的每一种特点都画了出来，并且将它那动作上每一种特性都表达了出来。从东方人的画笔上脱胎出来的不论何种形线，对于不为偏见所蒙蔽的知觉，都是一种教训、一种启示，而不管那形象只是风中网上的一只蜘蛛，逐着阳光的一只蜻蜓，横行在野草中的一只螃蟹，清流中鱼鳍的波动，黄蜂飞翔的健态，野鸭的翩然而下，奋臂的一只螳螂，爬上松枝高唱的一只秋蝉。所有这些艺术都是活的，而我们相同的艺术，在它的旁边简直是死的。

　　再讲讲花卉，一幅英国或德国的花卉画，由经过训练的画家画上几个月，价值须几百镑。而在较高的意义上，以自然的研究而论，却还比不上一幅日本花卉画，只需一二十笔就可以，价值或者只有五毛钱。前者至多只是艰苦地、徒然地，涂抹着许多颜色。后者则立刻之间，不用什么模型相助，就在纸上证明了某种花卉形象，而且所显示出来的，并不是任何一朵花的回想，只是有全副情调、时间和变化，精进独绝，在形式表现上合乎一般定律的实际化。在许多欧洲的艺术批评家里面，只有法国人似乎是能完全理解这些日本艺术的特点的；而在所有西方的艺术家中，也只有巴黎人能接近东方人的方法。法国的艺术家有时也可以不将他的笔从纸上提起来，只用一条简单的曲线，创造出一个呼之欲出的男像或女像来。不过这种才能的高等发展，大概只是一些速写；它仍旧是可以男性，也可以女性的。读者要明白我所说的日本艺术家的能力，就必须想象若干法国画所特具的创造力量，日本艺术家也具有了这种力量，可以适用于特殊以外的每样事物，几乎所有已为人所认识的一般式样：在所有日本自然界的各种状态，在所有本地风光的形形色色，在行云流水和迷雾，在所有林中田间的生活，在所有时季的情态和地平线的色调和朝晖夕阴的五光十色。的确，这种含有魔术的艺术，不习惯的人初看时，总找不出它的深意来，因为在西方的审美经验中，本来是难得遇到它的。可是渐渐地它进入了一个有欣赏能力而无偏见的心里去，将他从前对于审美的感觉进行修正。它全部的意义固然需要许多年才能理解，但是它那修正的力量，在一个很短的时期内，当一本美国插画的杂志，或一本欧洲插画的定期刊物，已经使人看得讨厌时，便能为人感觉到了。

在心理学上意义更为重大，看了别种事实就都可以知道，也可以用文学来宣达出来，但是照着西方的审美标准或者西方的任何感情，那就一世也解说不明白了。例如有一次，我注意着两位老人，在邻近一座庙宇的园里，栽种小树。他们有时为了栽种一株树苗，差不多要费上一小时。他们将它栽下去，然后走得远远地来审查它在各方面所处的地位，并且互相讨论着它。结果是那株树苗又被取起来，重新在稍稍不同的位置栽下去。这样取起栽下，总有七八次，才那株小树在园中所处的位置。那两位老人简直是在和他们的小树组织着一种思想，变换着它们，移转着它们，搬迁着或改置着它们，正像一个诗人变换和替代他的文字，将那最精美或最有力的表现，给予了他的诗句。

在每一座大的日本草舍里，总有好几个壁龛，每一个大房间里有一个。家中的艺术品都陈列在这些壁龛里①。每一个壁

---

① 据说壁龛初次传进日本来，大约还在四百五十年之前，是由在中国研究的佛教和尚佛教的荣西禅师传进来的。也许壁龛的原来用处，是陈设怪物的；可是现在，在有教养的人家，将神像或怪画放在客室的壁龛里，是算作不好的风气了。不过在某种意义上，壁龛还是一个圣所。不论谁都不可踏上去，也不可以蹲在里面，甚至也不可以将什么不纯洁的东西，或乏味的东西放在里面。关于它，另有一种仪节上的精细规例。来宾中最受尊敬的，往往坐得最靠近它；其余的来宾都必须按照等级，离它或远或近地取定他们的位置。

龛里都挂着画轴（kakemono）；在它稍为高起一些的（用磨光木料制成的）地板上，放着若干花瓶，或一两件艺术品。那些花瓶中的花，都是照着古例安排的，康特（Conder）君的美丽书籍可以将这事详细告诉你；而陈设在那里的画轴和艺术品，也要按照机会和时令，定期更换。在某处同一个壁龛里，我却好几次看见过许多不同的美物：一个中国的象牙像；一个铜香炉——画着乘云的两条龙；一个木雕的烧香客；坐在路旁搔着他的秃头；若干贵重的漆器和可爱的西京瓷器；还有一块大石，放在一个坚实宝贵的木座上。我不知道你们究竟能在那块石头里看出什么美丽；它既不是凿成的，也不是磨成的，更令人想不出有什么真实价值。它不过是溪底里捡起来的一块灰色水磨石。可是它的价值，却比有时替代它陈设的一个西京花瓶还要贵，或许你会出很高的价钱购买它。

我现在在熊本所住的小屋子的园里，大约有十五块形态不同的岩石。它们也是没有什么真实价值的，甚至也不能当做建筑的材料。可是园主人却花费了七百五十余，才买到它们，比那座精舍所花的钱还增加很多。当然你可能会想那是将它们从白川河床转运到这里，所以费用如此大，那就完全错了。不是的，它们之所以值到七百五十余元，只因为大家看它们是美丽的某一个方面，又因为本地非常需要这样的大石。它们甚至还不算最好的东西，否则它们的价钱还要高得多。现在，等你能够理解，一块粗大的石头，居然会

106

比一件贵重的雕塑更有美意，而永远是一件美丽之物和快乐之物的时候，那你就开始懂得日本所看见的"自然"是什么样的了。你也许要问："究竟一块普通的大石里有什么美丽呢？"有许多呢！不过我将提起一件作为参考。

在我那个小小的日本住宅里，隔开房间的都是滑屏，上面有好些图案，我一直很喜欢看着它们。这些图案都按照室中的地位而有所分别。我要说的，是那个隔开我的书室和一个小室的滑屏。它的赤色是一种精美的乳黄；那金色的花样是很简单的佛教秘宝的图像，一对一对地散遍在上面。可是两对之间的距离，彼此都没恰好相同的；而图像的赤身也都变化无穷，在地位或关系上，也从来没有一处是重复的。有时一个宝物是明亮的，而它的同伴却是暗淡的；有时都是明亮或的都是暗淡的；有时明亮的一个是两个中较大的；有时暗淡的一个大些；有时两个都很清楚；有时它们重叠着，有时它们毫不接触着；有时暗淡的在左边，有时又在右边；有时那明亮的在上面，有时又在下面。你的眼睛找遍了全面积，总也找不出一处重复的来，也找不出一处近乎整齐的地方，不论是均派、比肩、聚团、成积，或对照，都没有。全室中各种装饰的图案上，都找不出一些近乎整齐的东西来。全仗技巧而不用整齐之法，真是令人惊奇，简直已达到了天性中高贵可敬的程度。上述，不过是日本装饰艺术中一种普通的方法；在这些影响之下，住上若干年，那么在墙上、地毯上、幕子上、天花板上、任何装饰的表面上，一看见了那整齐的花样，就一定要觉得俗不可耐了。的确，我们好久以来，只习惯天人一贯地看待"自然"，因此我们仍旧能够忍受着我们自己的装饰艺术里面所有的机械重复。并且我们对于日本孩子，靠在母亲的肩头上，欣赏着那世上各种的青青翠翠，很清楚知道的"自然"之美妙，我们是感觉不到的。

佛经中有一句话说："能辨无即大法者——此人便有智慧。"

选自《来自东方》

日本人的精神

一个日本女人的日记

　　最近得到一件比较珍奇的原稿，一本狭长的十七页的软纸，用丝线装订的原稿册簿，纸上字迹娟秀。这是一个女子自述其结婚生活类似于日记的一种文稿，日记的主人业已死去。而此件原稿，则是从她的丝线匣中发现的。

　　将此文稿授我的朋友，对我说，将此文稿予以发表，或加以翻译均无不可。我就利用此无上之好的机会，将日本下层社会女子的思想感情与喜怒怨哀，就其原意译为英文。也许这个女子做梦也不会想到，她的支离破碎的可怨可哀的日记，会有一个外国人来替她直言不讳地详加翻译。

　　为尊敬这个女子优美的在天之灵，我非常用心地加以翻译。即使她能活在世上，读到我的翻译，也绝不会感到不快。但我认此女神圣可钦，在有些地方也有加以省略不译之处。在有些地方，虽加以注释，但有些地方西方读者不易了解之习惯及地方信仰等细小事件，则亦加以省略，当然姓名亦加改易。至于其他方面，则务期切合文稿原意，不使有所舛误。除了因直译不能理解而略加变动外，其他字句一点不改。

　　除了日记所述之内容及其暗示之事实外，我对于作者本人的履历一无所知。作日记的这位女子，乃是最下层社会中人。据日记所述，这个女子近三十岁时，犹未结婚，而其妹妹，则早于数年前结婚。在日记上看不出她有任何不平凡之处。在原稿上，附有一帧照相，看去也并不十分漂亮。但观其面部优美柔和之线条，断知其人之优良品格。她的丈夫是在一个大事务所中做杂役的，并且是个夜班，每月只有十元的工钱。妻子为帮助家计起见，在制烟厂中卷制香烟。据日记看，这个女子曾入过几年学校。日本草书写得很好。汉字也写得很好，日记的文笔，好像是一个学生所写的。但字句并无错误，且尚流利。文中用到东京语（市民之通用语）的地方虽多，但一点也不下陋。

　　也许有人要怀疑连日常生活尚且拮据的人，而竟辛辛苦苦地写作没有人要读的日记，似无理由。对于发此疑问的人，我可答说，以前日本的教化，是于悲伤的时候，以作诗歌为最好的解忧良药。即在今日下层社会中，仍有于悲伤或快乐的时候，作歌以自慰自欣。这日记的后半部，写成于寂寞的患病生活之中。在寂寞之时，精神错乱的时候，这位女子就写日记，来宁静她自己的心境。当她将要离世之时，她的元气沮丧，因此在日记的终了部分，我们可以看出，她的身体虽已弱不可支，而她的精神，却仍作最后的奋斗。

草稿外皮上写着"昔话"两个字作为题目。所谓昔者，乃指数百年前之事实，或某一个人过去之往事。这里的"昔"字，当然是指后一个意义。

昔　话

明治二十八年九月二十五日之黄昏，对面一家的邻居来问道：

"我来是为令爱的事体，不知令爱打算出嫁吗？"

这里就回答他说：

"嫁是想把她嫁出去的，不过一点没有什么准备。"

对方人又说：

"但是这个人说，不要什么准备，所以你就把令爱嫁给我所说的人不好吗？他是一个非常老实的人，大家都说他好。今年三十八岁，令爱好像是二十六岁左右吧？我同对方讲讲看。"

"不！今年二十九岁。"答道。

"啊！那么我得马上同对方去谈一谈，等我同对方谈过以后再来同你商量。"

对方的人说了之后就走了。

翌晚，对方的人又来了，这次他是同冈田君的夫人一同来的，他说道：

"对方很满意，如果你也答应的话，这个媒就做成功了。"

父亲答道：

"她是七赤金。"[1]（两个人的命都相合好的，大致是无妨害的。）

媒人又问：

"那么我想叫他们明天见个面，好不好？"

父亲答道：

"这也是个缘分，那么明天晚上就是现在的时候，到冈田先生家中去会会吧！"

双方就在此种情形下约好了。

对方说翌日晚上要带我到冈田家中去，这事是不可避免的，我总得去一次。但我要求母亲与我同去。

同母亲到了冈田家的时候，他说请进，迎了我们进去。于是大家相互寒暄。但我总觉得不胜羞涩，不敢抬头。

于是冈田对并木氏（夫之姓）说："你家里面商量的人也没有，事成就得快，如果你想是好的话，就请马上决定如何？"

他答道：

"我是十分满意，可是对方尊意如何，我不得而知的。"

"如蒙不弃，悉从尊意……"我答道。[2]

---

[1]　父亲或者对于星相颇为内行，或者与专门星相家谈过。
[2]　"诚如所知，我是一个既无钱又无衣物的贫穷女子，尊意如要我的话，我是欢喜来的。"乃此种意义。

媒人说:

"那么婚礼的日子定在什么时候好呢?"

"明天我在家,可是还是十月一日好。"并木答说。

但是冈田马上说:

"并木出门之时,对于家中之事非常担心。所以我以为还是明天好,你看怎么样?"

最初我以为这太急了,可是我却马上想到,明天是个大好日子,所以我就答应他了。于是回到家里。①

我对父亲一说之后,他现出踌躇的神气。他说太急了,至少也得有三四天的犹豫。此外方位也不相宜,还有其他不十分好的事体。

我说道:

"可是已经答应好了,不能再去请他换日子了。如果说方位不好,那也罢了。即使我死,也无遗憾。就死在丈夫家里吧!"于是我又接下去说,"明天很忙,恐怕到后藤(妹婿)家里去的工夫也没有,好,还是马上就去吧!"

到了后藤家,会着了他。可是我特为要说的话,却不能直截了当地说下去,我只好这样暗示他说:

"我明天要到别的地方去了。"

---

① 据日本历,吉日与不吉日以下列名称为之。
　◎先胜　午前吉午后不吉。
　◎友引　午前吉午后始终吉中间不吉。
　◎先负　午前不吉午后吉。
　◎佛灭　全部不吉。
　◎大安　全部吉。
　◎赤口　正午尚佳其他不吉。

后藤马上追问道：

"是出嫁啊？"

我迟疑地回答他说：

"是的。"

后藤问："是怎样的一个人呢？"

我答说：

"如果这个人我自己看得清想得定，那么我也不必特地要母亲一道去了，是不是？"

他说道：

"那么姐姐你到底为什么去会他的呢？但是……"他似乎是很愉快地补足一句说，"恭喜恭喜！"

我说："总之这是明天的事了。"

于是他又回到家里。

到了约定的一天，九月二十八日，不知道怎样好。需准备的事体太多了，加之连日下了九天的雨，道路泥泞，很不好走，因此更觉没有办法。幸而当天没有下雨。不过总有些零零碎碎的东西，非买不可。我也不能什么都托母亲去办（虽然我想托她）。总觉母亲年老了不能走太多路。所以我起得十分早，独自出去，就可能的范围之内，拼命地赶事。虽然如此，但是还不能充分准备，已经是午后两点钟了。

还要到结头发的地方去结发，也不能不到澡堂里去洗个澡。啊！这些都要花些时间，还要回去换衣服。可是并木这边却一个人都没有派来，我因此就有些不悦。正好吃完了晚饭时，并木派的人来了，于是立刻起身，连一个一个向家人告辞的时间都没有。就此我有一种长离母家之感。我就同母亲一同走到冈田家中。

在那儿，不得不同母亲告别。冈田氏的夫人照料着我，一同到船町并木氏的家去。

九度的交杯礼安稳过后，客人们开步走得意外的早。①

"以后两人相对，我感到心头跃动，此中羞涩之情，笔难尽述。"②

那时候，我的心情只有那离开双亲，到一个不知道的人的家中去做新嫁妇的人，才能领会。

到了吃饭的时候，我还是非常害羞。

两三日后，丈夫的前妻（已故）的父亲来看我说：

"并木实在是一个好人，是一个忠厚朴实的人。不过他欢喜在小事上高声责备人，所以你还得当心点，你要顺着他的脾气才好。"

于是我开始注意丈夫的情形。我以为他实在是一个严谨而正经的人。我决心一切事情，不逆着他的心意去做。

---

① 在日本之婚礼中，遇有不吉意味之言语或间接含有不幸之言语，须极力避免。"完结""终了""归去"以及其他等婚礼中之禁语极多，因此大家告辞的时候，只说开步走。

② 著者译此文句时，将原文及罗马字一同写出，可见原文之体裁。

十月五日，是我回娘家的日子，开始两个人一同出去，途中访后藤。出了后藤家后，天气忽变，下起雨来。于是向后藤借了一把伞，两人同撑。像这样的走路，给从前附近的人看见，未免有点难为情吧！这样担心地想着，侥幸平安无事，到了双亲的家里。大家寒暄一番，雨不久也停了。

同月九日，第一次一同去看戏，到赤坂演伎座去看山口一座的戏。

十一月八日赴浅草寺参谒。

是年十二月制丈夫及自己之新装，初做此种事体，觉得十分有趣而喜悦。

二十五日，参谒东大久保天神，在该处园庭散步。

二十九年一月一日，访冈田氏。

十二日，二人同访后藤，很觉有趣。

二月九日，二人同赴三崎座看《妹背山》剧。途中无意中遇着后藤，于是一同去。归时不幸落雨，道路非常之滑。

同月二十二日，二人在天野照相。

三月二十五日，赴春木座看《莺坟》一剧。

这月内本来大家（两家亲戚朋友）约好一同去看樱花的。运气很坏，没有去成。

四月十日午前九时，二人同出散步，先参谒九段招魂社，再赴上野公园，又赴浅草参谒观音，更参谒门迹神。本来想到浅草的山内去打一转身，但大家说还是先吃饭吧，于是走进饭店。正在吃饭的时候，门外好像大闹起来，听见又吵闹又骚扰的声音，原来这个骚扰，就是因为演杂耍之处起了火。看着看着，火就扩大起来。这一所演杂耍之处，大部分被烧掉。我们马上出了饭店，在浅草公园各处观光散步。

（下面的原稿，是该妇人所作的小歌。）

在这今户的渡头，①
会到了未见的人，
奇异的三回榖神，
成全了我们夫妇。
背离了我的初思，
心中倒亦爽快。
这一双不可分离的鸳鸯，
人亦羡恋，我亦自慕。
他不是丛开杂放的堤岸之花，
他是较花尤妍的万物之灵。
白头偕老，

———
① 所谓今户之渡船，实际上是媒人之意。

平添无限祈念。^①

回家经过吾妻桥，坐了火轮船去看会我兄弟寺的开龛，祈祷我们的兄弟姐妹，能快乐要好。当晚回家时，已过七时了。

同月二十五日，我们赴"实录物之杂耍场"。

五月二日，二人同到大久保去看杜鹃花。

同月六日，我们到招魂社去看花炮。

直到现在为止，两个人之间，未曾发生过任何风波。在两个人一同出去，一同游赏的时候，也一点不觉得难为情。现在相互之间，专向情投意合这一路做去。我们两个人，相信任何事体，绝不能使我俩分离。我祈祷我们永远如此幸福。

六月十八日，因须贺神社的祭礼，被招到父亲家中去，因为到了约定时刻，梳发的还没有来，觉得心中着急，就偕同了妹妹阿笃到父亲家去。不久幸也来了（幸是已出嫁的一个妹妹）。很热闹，到了晚上，后藤也来了（后藤即幸之夫）。最后我一心等待的丈夫来了。真是快活得不得了，最快乐的是丈夫同我一起出去的时候，我总请他穿我替他做的新装，但他总不听我的话，以为旧衣服无妨。这一回可不同了，他已穿上新装了。因为父亲招待，是应该着我替他做

---

① 今户为地名、三回稻神为庙神之名、用此以示会见三回之意。

的新衣的。大家及时聚集，格外觉得高兴。最后分别的时候，大家深憾夏夜之短。

我们同作的歌：

两夫妇一道祝氏神之祭礼，
今天好热闹。　　　　　　并木（夫）

氏神之祭恭喜两夫妇。　　　同并木

多么热闹啊氏神之祭，
大家在一起今天好快乐。　　　妻

因祭神而大家集在一起的快乐，
实在是氏神之惠。　　　　　妻

今日两夫妇一道之亲爱，
恭喜恭喜神之惠。

夫妇深深蒙氏神之惠。　　　妻

今天祭礼着了新装，
怕是为了快乐而着的吧。

想也想不到的这一对夫妇，
今天是无比的吉日。　　　　　后藤

两夫妇一道，始行祭礼，
祭毕回去时不免怅惜吧。　　　　　幸

故乡之祭夫妇一道，
欢谈之间不觉夜短。　　　　　幸

七月五日，听说播摩太夫所要的金泽亭，计有"三十三间堂"。

八月一日，丈夫先妻一周忌辰，同行参谒浅草寺。在吾妻桥旁，在鳗馆午食。在吃的时候，正是中午。忽感地震，近河人家，非常震动，极为可怕。

想到上一次樱花时节来此看到大火灾之事，因此对于这次地震，非常担忧。下次怕马上就要打雷吧，我这么想。[①]

两时左右，出鳗馆，入浅草公园，乘铁道马车赴神田。在神田择阴凉处暂行休息。途中访父，而归时已过九点。

同月十五日，八幡神社之祭礼，后藤与妹妹，以及后藤

_____

① 根据佛教之谚语，"要到没有地震、火事、雷、三十日、饥馑，及病的国家去"。

的妹妹,一同到我家来。我想同他们一道去参拜。因为当日早上,丈夫饮酒过多,没办法,只好让丈夫一人留在家中而自己出门。参谒后赴后藤家略坐片刻即归。

九月春分,一人到寺参谒。

十月十一日,高姑娘从静冈来了。我本来想于翌日请她去看戏,可是高姑娘于翌日早晨即动身到东京去了。如此,翌日晚,我便同丈夫到柳盛座去看了《松冈美谈贞忠鉴》一剧。

六月二十二日,父亲开始托我做衣裳,因为身体不爽不能就做。但是在新年(明治三十年)元旦终于做成了。

……现在要生孩子了,非常高兴。我想我的父母最初得一个外孙,是多么得意快乐啊!

五月十日同母亲参谒盐釜神社,再赴泉岳寺参谒,再拜谒四十七士之墓,以及各种宝物。坐火车回到新宿,在盐町三丁目与母亲告别,回家时已六点。①

六月八日午后四时,得举一男。母子均极为康健。孩子像父亲,有一双大而黑的眼睛。但孩子小得厉害。应该八月

---

① 妇人欲求生产安全须到盐釜神社参谒。

里生的，却于六月初即已出生。……同日午后七时服药之时，小孩看见灯光，睁大了眼睛，向灯光转个不停。当晚孩子睡在我怀中。听说八月中出生的孩子，不可不给他充分的热，所以我日夜将他放在怀中。

翌日——六月九日——午后六时半，孩子忽然死了。"仅仅一瞬间快乐的时间，又要变作悲伤了。世间生的东西总是要死的。"此实垂世之名言。

仅被人称了一天的娘，似乎是为了要看到他的死而把他生出来的。实际上，是出生了两天。两天就死去，不如不出生的好。自十二月至第二年六月时，我曾生病。而在生产的时候，身体多少好起来，这是一件快乐的事。关于这次喜事，受到各方面的庆祝。但是孩子终于死了，实在是悲不胜言。

六月十日赴大久保泉福寺行葬式，立了一个小墓。这时作歌如下：

娇儿爱怜如身命，
孰知逝归泪不休。

袖上泪湿透，还有连阴雨。

于是不久有人对我说，如把卒塔婆（在墓碑之后所树立的木片，书死者佛名）倒立，则不幸之事不会再生。做这件事，我以为太可怜了，因此心中有点糊涂。但是到了八月九日，终于把卒塔婆倒立了。①

九月九日，两人赴赤坂看戏。

十月十八日，独赴本乡春木社看大久保彦左卫门之戏。但是我的鞋子不当心落掉了，因此不得不等大家走完了才走，好容易发现了鞋子，回去已是夜半漆黑，路中非常寂寞。②

三十一年正月佳节，与伯母堀及友人内海之夫人谈话，时忽然胸痛，心中吃了一惊。想要伸手去取箱笥上的天水宫神的守门神时，忽然气涌倒地，被他们抱了起来，然后才缓过气来。但是因此病了很久。

四月十日，为东京迁都三十周年纪念，大家都到父亲家里去。我与重之助（亲戚关系）一同去，在那里等丈夫。这天早上，丈夫要到办公处去一下，所以晚上八点半时才到父亲家，大家一起到齐，于是三个人一同出去看市中的景况。从麴町赴永田町，进樱田门，至日比谷游玩，再由银座直经眼镜桥，到上野。各处随意观赏，又走到眼镜桥。此时觉得

---

① 卒塔婆者，乃写有经文而立在墓前之细长木板，关于卒塔婆之详细记载，见于著者之《异国风物及回想》中《死者文学》一篇内。著者于此并不叙述或解释这种珍奇的迷信之事。但在著者《佛田的落穗》一书中，所记不可思议之习惯，大部与此同类。
② 如果说看戏单为了游兴，那怕是不公平。毋宁说是为了忘却痛苦而受了丈夫的命令而去的。

非常疲乏，我就说回去吧，丈夫也觉得疲劳，赞成我的话。可是重之助说："这正是好的辰光，可以看看诸侯的卤薄，不可失此机会。到银座去吧！"但是我们不听他，乃与重之助分别，到一所小的专卖油煎鱼虾的店中去吃油煎食物。运气真好，在这家店中，竟看见了诸侯卤薄，晚归已六时半。

四月月半，因阿笃妹妹之事，非常担心。（其事未载）

明治三十一年八月三十一日，第二个孩子于毫无痛苦中产生。是一个女孩子，取名曰初儿。

在小孩出生后的第七夜，招待产儿时来照顾我的人。

母亲此后又在我家住了两天。阿幸妹，因为胸部痛得非常厉害，不得不回去。幸亏丈夫在这个时候得到几日休假，故在可能范围内，来照顾我。——甚至洗衣服等事也做到。但是自己身边没有一个女人来照顾我，总觉得不方便。

丈夫休假完了后，母亲常常于丈夫不在家时，到我家中来。这样过了二十一天，母子都很康健。

女孩子生了以后，在一百天以内，常觉有呼吸困难的症状，我常常为她担心。但是不久，也就渐渐地好了。似乎在那里慢慢地茁壮起来。

虽然如此，可是还有件不幸的事体。就是这孩子有点身体不完备。初儿生时有一只手的拇指分歧为两指。我很想将她带到医院里去做整形手术，但又总觉得不太好。但是附近有一妇人对我说，新宿有一个非常好的外科医生，因此我就决心带初儿去一看，在行手术的时候，小孩坐在丈夫的膝上。对于做手术这件事，我是不敢看的。我不知如何是好，满心担忧而着急，在隔壁的房间中等着。但是手术完了以后，小孩一点没受什么影响。歇了一息，就同平常一样地吃乳了。情形好像比我意料的要好。

回到屋里以后，小孩继续吃乳，小小的身体，看去毫无事故。但是孩子实在太小了，受了手术，不知会不会有什么病根种进去，却不得而知了。于是心中又忧闷起来。为了当心的缘故，接连有三个礼拜，每天到医院去就诊，但并不见有任何不好的样子。

三十二年三月三日，初儿出生后之纪念节，父亲与后藤给了我们内里雏（三月三日桃花节陈列的傀儡人形）及其他的祝贺品如衣柜、镜台、针箱等。我们也为小孩买了些茶台食台及其他小玩意。后藤与重之助这天也来了，非常热闹。①

四月三日，赴穴八幡（早稻田）参谒，为小孩祈祷息哭延命。

四月二十九日，初儿似有病，我请医生来医。

医生虽然同我约好了早上来，但并没有来。等了一天，

---

① 有名之节祭一年五度。此五节祭为人（一月七日）、上巳（三月三日）、端午（五月五日）、七夕（七月七日）及重阳（九月九日）。

真糟糕。第二天又等，还是不来。到了近晚，初儿的情形渐感不佳，胸部像非常苦闷，因此决定于翌日早上抱赴医生处去就诊。这一夜间，心中非常躁急。到了早上，小孩看去似乎好了一点点。于是一个人抱孩子出去，到赤坂某医生处去就诊。但是医生处的人说，还不是看病的时候，嘱我等一息。在等候的时候，小孩比以前哭得更厉害，乳也不吃了。我只得一路走走歇歇，除呆等之外，别无他法。唉，真是烦恼。不久医生来了，为小孩看病。此时我觉得小孩哭的声音渐趋衰弱，嘴唇渐现苍白之色。于是我不能再缄默下去了。我就问医生说："情形如何？"医生对我说："你来晚了，至迟不能到夜里。"我又问："给她吃点什么药好不好？"医生说："如果能吃就好了。"

我想马上回家告诉丈夫和父亲一家，可是惊吓过度，一时气力全无。幸亏有一个极亲切的老妇人，替我撑了伞，拿了其他的东西，招呼我坐上人力车回家，于是我再托了人去报告丈夫和父亲。三田的夫人来照应我。托他们的福，我们用尽种种方法来帮助孩子。纵令如此，可是丈夫还没有回家，人们的担忧照料，都是无用的。

在三十二年五月二十日初儿没了。

小孩的母亲还活着，因为懒于求一个好的医生去医治，使孩子死去，这种母亲，想起来实在不胜悲哀。我们常常拿这些话来责备自己，然而回天无力，有什么用处呢。

小孩死后的第二天，医生对我们说，此种病，得了以后，就是用任何手术，总活不到一个礼拜，如果孩子已到了十岁或十一岁，则或者可做点手术，而能否得救活，亦不可知。现在孩子太小了，根本无法行手术。于是他又对我们说，小孩所患的病是肾脏炎。

这样，我们以前所有的希望，所有对于小孩的担心照应，以及孩子出生后九个月来的种种快乐等事，一切归于无用。

但是我们想这个小孩，对于我们一定是前世无缘的。这样我们多少用这句话来互相安慰。在无聊寂寞的时候，我们依照了义太夫本宫城野信的话，来作一则歌，以志哀悼。

> 妾既于归夫君家，
> 光阴忽忽忽五载。
> 今回添有娇女儿，
> 活泼可爱令人喜。
> 寝食俱废育掌珠，
> 一旦夭折怎不惜。
> 伤心恨事何我逢，
> 当初岂是轻易育。
> 日以继夜希长成，
> 俾可为觅贤儿婿。
> 为母不嬉亦不荦，

> 只爱我女好心肝。
> 我未西归女已去，
> 孰知为母心中悲。
> 与夫相抱互痛哭，
> 道听途闻亦辛酸。

初儿死的时候，关于葬式，一切照规矩去做。在大久保火葬这一件事，也得到了允许，并向丈夫请求。如果规则不十分麻烦的话，拟请并木族人帮忙，将遗骸送到寺里去。于是葬式在门净寺举行。请寺属真宗本愿寺浅草派，遗骨即藏于该处。

幸妹在初儿死的时候，大约因为感染伤风，睡在床上。她一得到孩子死去的消息，就立刻赶到我家。再隔两三天后，她来说，病大致已好，现在可不必担心了。

我是仍旧这个样子，随便什么地方，都不想去。整整一个月，不曾出门。但星期天不出门，在礼仪上说不过去。到底我只好出门，于是到母家，到妹子家，作仪礼上之访问。

我病得很厉害，很想母亲来照应照应我。但幸妹也在这时生病。吉妹（最初出生的妹妹）与母亲始终在幸妹处，所以母亲方面，实在不能请她们来照顾。只有近处的女人们，当她们闲空的时候，极亲切地来照应我，其他谁也没有来。最后只好拜托堀，想请她替我雇一个老婆婆来照应我。由于这位老婆婆的照顾，我渐渐地好起来，到了八月初旬，我的病体大致已好了。

九月四日，幸妹因肺病死去。

这是意料不到的事。从前曾有过一个约定，以吉妹来代替幸妹。后藤过独身生活是很不方便的，所以就于同月十一日举行婚礼，于是一同去做寻常的祝贺。

同月三十日，冈田氏忽然逝世。

因为此种事体连续发生，经济上花了许多费用，颇为困难。

幸死后，吉很快地嫁给后藤，我听到这件事，心中十分不快。但是我把这件事放在心中，仍旧与后藤他们照常来往。

十一月，后藤一人赴札幌。

明治三十三年二月二日，后藤氏回东京，同月十四日，带了吉妹再赴北海道。

二月二十日午前六时，第三个孩子出生，母子平安。

原想是个女孩，可是生出来却是一个男孩，因此丈夫自办公处回家时，看到一个男孩，十分惊喜。

但小孩不大会吃乳，只好用哺乳器喂之。

孩子出生的第七天，方替他剃点头发。夜来七夕之祝，这次完全在家中行之。在祝会之前，丈夫略感伤风。第二日咳嗽甚剧，不能出去办公，终日在家。

这一天早上，小孩与平常孩子一样地吃乳。但是在午前十时左右，小孩胸部似忽然作痛，再隔一息，便作呻吟之

声。马上请医生，真是运气不好，那特地去请的这位医生，
适赴市外去了。据说到晚上还不能回来。于是只好去请别的
医生，此外无好方法。这医生说到傍晚可来，但是午后二时
左右，小孩的病忽然恶化。二月二十七日三时少前，小孩在
世仅八日，即与世长别了。

这一次又是如此的不幸。在丈夫不讨厌我之前，我自想小
孩如此一个一个地别我而去，真不知前世犯了什么罪。这样想
起来，我泪下如雨。袖子上简直一点干的地方都没有了。我觉
得从此天空对于我不会再有晴朗的日子了。唉！不幸的事情连
续不断地向我袭来。我更担忧的是丈夫的心，也恐怕要变了方
向。而为了我的忧愁，丈夫的心恐也将忧愁了。虽然如此，但
丈夫只这样反复地说："此乃天命，没有办法。"

我想小孩到哪一个附近的寺中去葬呢？于是在大久保福
泉寺举行葬式，遗骨即藏于该处。快乐的事醒了，一切如悲
哀的春梦！

（未写明日期）我因为忧心的缘故，小孩死后两七之
内，颜面与手足都有点肿胀。
但是也没有什么大要紧，马上就好。现在已经过了三七了。

至此为止，这个可怜的母亲的日记完了。小孩死后

二十一日之记事，为最后之数行。我想大约是三月十三四日写的，而这个女子，是于同月二十八日死的。

如对日本人的生活状况不充分明白，则对于这一日记的记录，恐不能完全理解。但是对于此地所写的生活实际状态，当不难想象。这一对夫妻，住的是两间房（一间为六铺席，一间为三铺席）小房间。男子一个月大约赚十元，女子做缝洗及料理等事（当然是无限的）。天气极冷的时候，也不生火。我以为除了房租以外，他们每天平均的生活费用约二十七八钱。虽然也作娱乐，所用花费，也是非常低廉的，往往只需八分钱，即可去听"义太夫"的戏了。至于出去观光，则完全是徒步的。纵令如此，可是这种娱乐，对于他们还是奢侈了些。在结婚及产儿死亡的时候的花费以及对亲戚的应酬，都是拼命地省出来的。实际上，东京数千的贫民，比他们更穷乏者不乏，一个月不到十元收入的人也有。可是虽然如此，他们俩还是很整洁地、很淡然地、很愉快地生活。在此种境遇之中，生了小孩而养育之，只有身体极强壮的人才办得到。此种境遇，乡下人比此更苦，乡下人的多数人家，因为贫弱而死的家庭，也是时有听闻。

读此日记之人，对于如此深慎优淑的女子，遭逢如此不幸，而对于性格脾气完全不知的人，立即去做他的妻子，而又如此热心，真是不可思议。实际上，日本人大多数的结婚，都同此日记上所写的情形，并非自然而成，而是经过媒人的介绍而撮合成功的。不过这个女子的境遇，却意外的不幸。这其间的理由，是可怜而简单。凡善良的女子，都是决定要结婚的。在经过某一时期而尚未结婚者，乃本人之耻辱，亦为人所指笑。这无疑是没有人欢喜来受此种指责的。此日记之作者，深知自己当然之命运，而抓住最初之机会。这个人已经二十九岁了，好像此种机会，不会再来的了。

我以为这一个可爱的奋斗与失败之忏悔的记录之真意味，不在一种特殊之记述，而只为一种平凡的事物，对于日本人就像青空和日光那样平凡的事物。普通日本健全女子之决心，乃在优美地达到柔顺之义务，以取得爱情。对于任何些微亲切之表示，必生感谢之念。她们有小儿般的信仰之心，有无可比拟的无私之念。她们以佛学的精神来自慰，认此世之苦恼，皆前世犯过之报应，常在绝望中努力，作为诗歌。

凡此种种，实在是可以感动的事体，实在是感动而不可即的事体。但是以上所述的，我认为并非是例外，不过是表现出特质的一个例子而已，不过是代表下层社会妇人之德行的一个例子而已。恐怕生在与此妇人同样的下层社会里，也许很少有人能如此同样地把自己的快乐与苦恼用日记记下。但是从远古纯真之信仰时代以来，与此女子同样地以人生为义务，一直承继下来的，日本也许有几百万人。又与此女子同样地倾注无私的爱情，而承继下来的在日本也不知有几百万人。

选自《古董》

英语教师日记摘录

一

我给松江中学三四年级的学生，出了比较容易的题目，教他们每星期一次依题作短篇英文，题目大抵是关于日本的事物。一般的日本学生对于英语的学习非常困难，而我的学生中，以英语表达思想的能力，其成就颇为惊人。他们的作文所表现的，并非是个人的情感，而是日本的国民情感以及某种集合的感情。这对于我尚有别种兴味。普通日本学生的作文，我认为最可敬的是他们完全不带个人的特色。假定拿二十篇英文作文的手迹一一阅看，简直如出一人之手。这个结论，似难以动摇。显著的例外，可云极无。在这里，我的台子上有一篇最好的作文，是一级第一名学生所写的。只是在句法方面少有错误，我略为改正。

月亮，悲伤的人见之而悲伤，幸福的人见之而愉快。月亮使旅行之人起怀乡之念，所以为逆臣北条所流于隐岐之后醍醐天皇，在海岸见月而高呼"月不我与"。

我等见无云之月时，心中起不可名状之感情。

我等之心，应如月光一样，澄而且净。

诗人多以月亮比之日本之镜子，满月之时，其形全同。

风流之人，见月而乐。此种人因欲看月之故，特将家移近水次，以便作关于月亮之诗歌。

看月亮最好的地方，是月濑①与姨舍山。

月光普照美丑贵贱，此美丽之光明，并非你我之物，乃一切平等万众之物。

看月亮之盈缺，即表示事物之升降，不可不知。

对于日本教育法完全不知之人，任何人看了上述的作文，总以为此种作文中，思想与想象，表示出多少崭新的力量。但事实并不如此。我以同一题目的三十篇作文置在一处，可见出其间同样的思想与同样的比喻。实际中学生同题的作文，无论有多少篇，其间思想感情，总是十分相似。但是绝不是因此而缺兴趣。大抵日本的学生，在想象方面，差不多缺少独创力之表现。此种想象，远在九百年前，几分来自中国，几分生于日本，早已替他们布置好了。 日本人在其幼小时，已一笔两笔地在纸上很容易地描写出寒朝暑日秋夕之感。此种感情与玄秘之美术家，对于自然之所见略同。且

---

① 出云之学生认为既称月濑，其月必佳。

如其所感地而受训练。在少年时代，他们已经受教，将从古文中所看出来的最美的思想以及比喻等，加以记忆的教导。任何少年，知道矗立高空的富士山的形状，如倒置的半开的扇子。任何少年，知道盛开的樱花，看去如最美的红色的夏云，系着于枝头。任何少年，知道雪上面散落的树叶，就如白纸上散书的文字。任何少年少女，都知道一个比喻之歌，即说雪上之猫足印犹如梅花；①雪上木屐之迹印，犹如二字。这是承继从前诗人骚客之思想。最欲有比此更美丽的比喻，即是很难的。作文之能事，就是要拿古来之思想正确记忆，而巧加排列，如是而已。

又同样情形。学生们的教导，无论对于生物也好，或无生物也好，均欲使其在事物之中，看出"教育意义"来。我大约用一百个题目（关于日本的）来试验学生。凡题目如含有日本之事物，他们必能就其中看出教训来。譬如我说以一个萤字为题，则他们立刻就做，如说买不起灯火的中国学者，在灯笼中装了许多萤火虫，夜间靠萤火之光，用功读书，后来到底成为一个大学者。他们就写下这一套话。如果我说以一个蛙字为题，他们就说有一只飞扑到柳枝上的青蛙，显有不屈不挠的忍耐功夫。目击这个情形而立志的小野道风，终于成为大学者。他们又写下这一套故事。那些为我所诱出来的教训，可举数例如下。原文有普通的小毛病，我

———————

① "初雪上猫之足迹有如梅花"一语在关东称犬之足迹，而北陆山阴及其他等处则如此称。"木屐踏出二字来"亦作"二字木屐迹"。

已把它们一一改正，稍有特异之处，则听任之。

牡 丹

牡丹大而美艳，而香味不佳。人间社会中如只看外表之美丽，因而动心，实属不当。凡因美而动心者，也许有使我们陷入可怕而不幸命运之中。看牡丹最好之处，乃在中海之大根岛，花开时，岛因牡丹而呈一片繁红之色。

龙

据说龙乘云上天之时，即起可怕之暴风。龙蛰于地下之时，成为石及其他形状。但是龙上升时，呼起云来。龙之形体，成于种种动物之各部分。如虎之目，鹿之角，鳄之身，鹫之爪，以及如象之鼻。在这里，乃有一个教训，即吾人应自勉如龙的样子，悉取他人之长而形成自身之具备。

"龙"之一文做得最好的学生附有致教师的一封信，信中说："我不信龙是有的，但关于龙却有种种神秘的传说和美丽的图画。"

蚊

在夏日的庭院中，我们听见微微的响声，来了一个小的东西，非常厉害。他能刺我们的身体而吸我们的血，这就是蚊子。英语称之为"莫斯奎它斯"。我认为被蚊子刺吮，是有益的。为什么呢？当我们昏昏欲睡的时候，如果有蚊子来了，它一方面发出微声，一方面又刺我们，我们就可因被刺而惊觉努力了。

下面是一个十六岁的学生所写的东西。对于不大知道的问题，表示其一知半解的知识，那自有其特色，故特一述。

欧洲与日本之习惯

欧洲人着惯很紧密的衣服，在家中又常常着鞋子；日本人爱着宽松的衣服，除了在户外行走时，是不着鞋子的。

我们觉得非常奇怪，即在欧洲妻爱丈夫甚于爱双亲；日本则绝无爱夫甚于爱双亲的妻子。欧洲人往往与妻在路上行走；日本则除了到八幡去行祭礼时之外，绝无此事。

日本妇人，为了男子如女佣般地做事；欧洲妇人，则如主人样地被尊敬。我以为两种习惯，都不对。我们觉得，遇见欧洲的女子，是件麻烦的事。我们不明白为什么女子在欧洲被尊敬到如此地步？

关于外国的问题，在教室里会话，也同样有趣，又同样带有启发性。

"先生！假定欧人其父亲及妻子同时落入海中，其人将先救其妻，此事确否？"

我回答说："大约是这样的。"

"那为什么？"

"一个理由，因为欧洲人是要先救弱者，以为特别帮助女子和小孩，乃是男子之义务。"

"在欧洲人看来与其爱自己之父母，毋宁更爱自己的妻子，是不是呢？"

"也未见得总是这样的，但大概如此。"

"可是，先生！我们会认为这是很不道德的。"

"先生，欧洲人怎样带小孩子在路上走？"

"是抱着走吧。"

"那是非常吃力的吧，抱着小孩的女子可以走多少路呢？"

"如果是一个强壮的女子，她应该可以走许多路吧。"

"但是这样抱小孩，手就无法使用了。"

"是的，手是不能使用的。"

"那么这样带小孩走路是一种极不好的方法。"

二

我的学生午后来访问我，因为是初次来访，他先拿名片进来，我说请进，他就将鞋子在门口脱下进入我的小书斋匍匐为礼。我们就同坐在床上。此种床乃是平常日本人家中所用的一种柔软如褥子般的东西。女佣拿了坐垫及茶点进来。

　　日本这种坐的方法，是需要练习的。而许多欧洲人，无论如何无法习惯。实际上要养成这种习惯，先得养成穿日本衣服的习惯。但此种坐的习惯，一经养成以后，则此种坐的习惯即成为所有姿势中最安乐最自然的姿势，吃饭的时候，读书的时候，吸烟的时候，谈话的时候，随便什么时候，似乎都以这个方式坐下。我养成此种日本习惯，已达一年以上。现在坐在椅子上反而觉得麻烦。一番寒暄，二人坐定，忽然感到陌生而沉默无言。还是我先开口说话。在学生之中，英语讲得很好的人，也只能用简单的词句，一句一句慢慢地说，我也能听懂。有时候不得不用他们所不知道的词时，则参考《英和词典》。大概我的客人，都是长坐之客，虽长坐却并不感到无聊。他们的说话与思想，是最简单最率直的。他们不是为请教学问而来的，也不是在学校以外，到我家中来学习什么的。他们来我家是为了给我讲述那些我特别有兴趣的事情。不知为何，因为语言沟通的问题，双方说着说着便无话可说了，但此时主客却沉浸于愉快沉默之中。他们来的真正理由，是要得到一种情感交流的快乐。此种交流，并非智力上的交流，而是有如与朋友相处时，一种轻松舒适的愉快。

　　他们知道我喜欢日本的书画，便常常拿些书画来给我看，画多为非常有趣而特异之物，有时也有将祖先传下的宝物，拿来给我看的。他们也喜欢看我的庭园。对于我庭园中的事物，好像较我自己更喜欢赏玩。他们也常常拿了花来给我。对于随便什么事体，绝不讨厌失礼，看见新奇事物，也不作少见多怪寻根究底的纠缠，也不喋喋烦言。他们亲切而懂得礼数。此种亲切之表示，即法国人也料想不到这种程度。此种礼貌及亲切之态度正如其毛发之色与皮肤之色一样，乃是出云少年的本色。努力使我于无意之中感到快乐，这是我的学生特别喜欢的事体之一种。因此有种种特别的东西拿到我家中来，或努力设法搬到我的家中来。

因此我得到了观看奇妙的事物的特权。在奇妙绮丽的事物中，没有比那阿弥陀如来这种不可思议之直幅更使我欢喜的了。这是一个很大的立轴，专门给我看的。此佛一手高举，庄严而立。头的后面，有一个大的月亮形状的背光，发出一种极淡薄的光线，足下有烟的旋涡样的深黑色的云。单就其色彩与设计而论，已可惊人。但其真正奇妙之处，并非在色彩与设计。细看之下，才会发现所有的影子与云的线条，乃是用极小极小的汉字书写的经文。这颇为让人叹为观止。此中经文，共有两种，一为观无量寿经，一为阿弥陀经之全文，以比蚤足更小之文字写成。而佛衣褶缝处，似有深色之黑线者，则为真宗之称名，乃是数千遍反复书字"南无阿弥陀佛"之名。此乃从前不知何处的一个僧人，在昏暗之佛堂中，经过长期之忍耐，以不倦的信仰，沉默努力中独自完成的。

此外我有一个学生，得了父亲的许可，将孔子塑像拿来给我看。据说此像，乃明朝末年时，中国工匠所制。以此像从家中携出示人，这还是头一次。在从前任何人欲参谒此像，非到他的家中去不可。这是一个完全美丽的青铜制成的人像。像张着口，伸着手，微笑着，好像在说什么似的，是一个有下髭的老人的形象，穿上中国古式的靴子，流动似的衣服，饰以奇妙的神鸟①之绘画。凡微细之处，也做得非常工细完全。中国工匠之手如何的惊奇巧妙，一颗牙齿一根毛发都非苟且做成。这完全可见其研究之苦心。

还有一个学生引我到他的亲戚家去。他给我看一只猫，据说是有名的左甚五郎所雕刻的。这只猫，做蹲着的姿态而举目凝视，惟妙惟肖。直使真猫见了，也得拱起背脊向它问候的样子。

三

关于某种世间的信仰，几个学生抱怀疑态度。无学问阶级——尤其是农民之间——从古已然，于今犹是，流行着种种迷信。如相信神符与荖身符等。但这些迷信因为科学的普及迅速消失。一般的学生们，对于佛教之外形——偶像佛骨通俗之仪式——毫无感动。学生们好像外国人一样，对于偶

---

① 神鸟，即是凤凰，（神话）为美丽之鸟，在阿拉伯沙漠中以活五百年六百年以后自行搜集香料，以翅膀扇动之扇出火来，即将自身焚却。再从灰烬之中，再生出年轻美丽的姿态来，凡经五百年至六百年，再如此反复行之，故有不死之说。

像宗教上之传说、比较宗教等，均不感兴趣。十中八九，对于周围代表着宗教信仰之种种事物，显感耻辱之态度。但所有形式之外所存之深植的宗教心，他们却是有的。在佛教中一元的思想，并不因新教育之故，而薄弱起来，却反而因此发达生长。学校教育所及于低级佛教之影响，同样及于低级之神道。全部学生或者几乎全部学生，皆真挚地属于神道，但并非是热心崇拜某一个神，而宁表现出一种对高等神道之崇仰。所谓高等神道者，即"忠孝"观念，及对父母教师长辈之服从以及真挚地崇敬祖先等。此即神道者，乃信仰以上之意味。

我是最初得到这种特权的一个外国人。当站在杵筑大社之前的时候，由心而发生了一种崇高之念。同时更有一种思想附着于我脑际：此即"这是一个民族的祖先之社，这是一国国民对于过去以往表示尊敬之代表的中心"。于是我也对这个民族的祖先，表示了敬意。

在明治时代，凡受过教育而达到一般信仰标准以上的聪明学生，也与我当时有所同感。而神道对于他们，实代表家族间一切道德生命，虽然重要，但为了义务而以生命为达到义务之工具，则将自己的生命不惜一掷，这则是代表了牢不可破的固有的忠义之精神。此为东洋高尚道德之源和信念，其理由可不必解释。西洋种族中小儿敲声缝板时只要小指有些弹力，即能弹复杂之乐器，其音乐知识之发达，可以想象。同样出云之学生，天生有宗教本能之义务感，亦属同样

144

意味，其间比喻，可以明了。

在西洋人中，则对于迷信与宗教的信仰觉悟以后，立即生起改造自然的冲动，而对传统的信仰普遍而突然的质疑，在我的学生中，则无此等痕迹。

四

每一级中总有两三个我所喜欢的学生，其中谁为最，可能说不上来，各有各的特长。石原君、大谷正信、小豆泽、横木君、志田君等①之姓名及容貌深刻在我记忆中。石原家是士族，其人非常坚实有志。在年级中甚有势力，同别人比起来，总有些粗暴而不客气的风味。但因为他有正直的丈夫气，所以为人所喜。随便什么事情，他想到就说，并且常照他所想来说，因此常常使对方感到困窘，难以回答。譬如说先生说明的方法不佳时，他很坦诚地说，请您讲得使我们更好懂一点。我也常常受他攻击，但是并不觉得石原的人不好。我们两个人是很要好的，他也常常拿花来给我。有一天他拿了两根梅花小枝来对我说：

"天长节庆祝仪式中，我看见先生对天皇御影敬礼，觉得先生与我们以前的先生不同。"

"为什么？"

① 医学博士石原喜太郎，大谷正信，小豆泽为工兵大佐藤崎八三郎，横木富三郎，志田昌吉。

"从前的先生说过我们是野蛮人。"

"为何？"

"这位先生说除神之外（这位先生的神）别无尊敬之物。而尊敬除此以外之物之人，即为卑浅无学之人民。"

"那先生是哪国的人？"

"耶稣会之传教士，英国人。"

"但是英国臣民，一定要对女王致敬。进英国领事之事务室，他们必须脱帽。"

"在本国怎样做我不知道。但你刚才所说的，即同我现在所说的一样。我们是尊敬天皇的。为了天皇的荣耀而牺牲生命者是无上光荣的^①。但是从前的先生说，我们是野蛮人。先生以为如何？"

"什么？！我以为这个人自己是个野蛮人，是一个卑野无学的野蛮人。我以为尊敬天皇服从天皇之法律，为了日本的缘故，当天皇征召时有一掷生死之决心，这才是你们的最高义务思想。假定你们对于别人的信仰全不置信，而认为尊敬祖先之神及国家之宗教为你们的义务，那么不论是谁，你们如听到他发卑野的恶言，则你们为了国家为了天皇应该发愤慨之情的。"

---

① 我对各级学生，曾经出过一个题目"我最大之愿望"。对于这个题目，差不多有百分之二十的人，同样地答说"愿为天皇陛下而死"。但其他大部分的人，则愿有纳育孙样的光荣，或者希望以一种英雄的行动，牺牲的精神，使日本为一等伟大之强国。这种可感动的堪重精神，深植于日本人的心目中，日本的前途，可无恐惧了。

正信不大常来，但来时总是一个人。他的为人相当细巧，是一个有女性面形的美少年，极其谨慎笃实，不失为一上等人物，大致诚实，不多见其笑容。至于高声大笑之事，我简直没有听见过。他在班上考试总是第一名，但也并不十分努力用功。对于采集植物而分类的工作，是他闲暇时的娱乐。他大部分时间，是在研究植物学。据说他一家中的男子，都是这样的。他又是一个音乐家。在西洋看不见听不到的乐器，他都能演奏。正信来我家中，对西洋的一切，正如招我去参加我素有兴趣的佛教或道教之祭式行列一样的很感兴趣。

小豆泽与正信两人相比之下，简直如两个个别之人种一样。相同之处，简直没有。小豆泽这个人，粗脚粗手，一看上去，好像是很笨的。他的面孔怪异，像是一个北美印第安人。①他的家中，并不富有。除了买书以外，他拿钱去求取娱乐的事情是从来没有的。他为了要买书，就在空闲时努力工作，去赚钱。他实在是一个书虫，他也是一个天生的古文书搜索家。在古书古画的贩卖市场中，以及其他古色盎然的古董店及古书店中，一间一间地去徘徊浏览。他读书很杂，不停地借书，不停地读书，而于自己认为最有价值之处，便抄录下来，再将所借之书还给人家。但他最欢喜读的书，还是

---

① 据藤崎大佐的谈话，在熊本将原书之校正本给他看时，这种比喻虽受藤崎之严重抗议，小泉八云乃安慰他说这绝不是侮辱，美洲印第安人乃世界上最勇敢之人种。

世界各国的哲学及哲学家之历史。好像《西洋哲学史要略》
这一类书，他读得很多。至于关于近世哲学中译成日文之
书，如斯宾塞之原理，他也详读过。我已介绍他去读路易斯
及约翰斐斯克的新作。[①]他以英语来研究哲学，虽未下过一番
努力，但两方均能充分明白。他身体非常强健，无论如何用
功，绝不必忧伤及他的身体。他神经非常强韧，有如钢铁一
样。且他又是一个绝对的禁欲者，尤其我招待客人时，总预
备一些杵筑出品的特等点心，学生都喜欢吃。唯有小豆泽，
对于任何点心，从不肯吃。且说："我是一个晚子，非马上
去要求一个独立生活不可。我也许非经过极大的艰难不可。
因此假使我现在就喜欢吃点心的话，自将贻未来之困恼。"
小豆泽是一个非常修习人生哲学的人。他天生是一个深有注
意力之人。他不知用什么方法，对于松江所有人的履历都知
道。他拿来了一幅破的锦绘，对我证明说，十四年前校长公开
演说时所主张的意见，与他今日所发表之意见，全然相反。[②]
我就拿这件事去问校长。校长笑着说："小豆泽君说得没错，
不过我当时还年轻啊。"所以我怀疑小豆泽年轻过没有。

　　小豆泽的好友横木也不大来，他总是在家中用功，他在
年级中，总是考第一（三年级）。小豆泽是第四。据小豆泽

---

　　① 路易斯（George Henry Lewes, 1817—1878）乃有名的英国女小说
家乔治·艾略特之夫，著有《列传体哲学史》《歌德传》等著作。约翰斐斯
克乃美国人，著作甚多，其著作亦有以进化论为根基者亦有"神之观念"与
"人间之命运"等。
　　② 当时西田千太郎氏有权理校长的地位，故为西田氏之事。

说，他们最初交往之始，是这样的：我见横木来时，凝视着他。他不大说话，走路走得很快，专注坚定地看着别人的眼睛。因我晓得他有他的性格，我是喜欢同有性格的人交好的。小豆泽说的话不错，横木有极其温和之外貌，而又有非常坚强之性格。他是木匠的儿子，而双亲对于他进中学之事，却力有不及。但他在小学校中，成绩超越。据说有钱的人，因佩服他，很愿替他出学费。①他现在已成了一校之骏，他那顾盼稳重的面容，以及快乐的微笑，最足称道。在课堂中，总能发出敏捷的质问。关于他的问题，因太奇特了，我常常苦于作答。对于我的说明，他如感到不完全满意，绝不停止质问。他自己觉得自己是对的，对于左右的意见，也不会顾及。有一次全班拒绝去听物理科新教师的课，只有横木一个人，不与他人取一致行动。他认为先生虽不是理想中之先生，但马上使之停教，是不当的，新教师虽然无经验，但能真挚地尽全力来教学的先生，不应使之感到不快。小豆泽最后赞成了他，于是只有他们两个人去上课。其他学生，一直到两个星期以后，才觉悟到横木的意见是对的，而去上了新教师的课。某一时候，有基督教传教士，用一种卑鄙之手段想使人们改宗，横木就马上跑到这位传教士的家中去，责其不德不义，传教士竟无言可对。他的朋友之间，对于横木议论之巧妙，颇有加以赞赏者。据他的回答说："我并无任

①　这一种可称赏的义侠的行动，在日本并不为奇。

何巧妙的言辞，凡道德上不正之事，如加以议论，实无巧言之必要。我认为一切只要合于道德就好了。"这席话，大都是小豆泽将横木所说的话讲给我听的。

还有一个来访问我的是志田君。他是很瘦弱而有些神经质的少年。他的心中，充满了艺术。他画画得非常好，他有部出自日本古名家手笔的画本。他最后到我这里来，给我看的东西，就是天女鬼等版画。我看见他美丽而苍白的面孔，以及可怜的纤细的手指的时候，很为他的身体担心。

到现在我已有两个多月的时间没看见他了。他的身体很糟，他的肺已坏到医生禁止他说话的程度。但是小豆泽去访问他，把他的一封日文信翻译了来给我看。这封信是这位生病的少年卧在床上写于糊在墙上的纸张上的。

"诚如您所知，现在我自己不能支配自己，我愿使我速行复原，使我不多说话，使我服从一切医生之命。

明治二十四年十月九日

由志田之病躯 致志田之脑髓[①] "

五

暑假结束，新学年开始。

真是变幻莫测，在所教的学生中，死去的也有，毕业以

---

① 病躯脑髓等之译法，乃根据志田原文之小豆泽氏（藤崎大佐）所指教。

后永远离开了松江的也有，做了教师的也有，补他们缺的新人也来了，新校长也来了。

初年级之姓名与面貌，在我看来都觉新奇。无疑这是新学期开始时特有的空气。今朝走入一年级甲组的教室时，这种情景，便非常明显地回到我的记忆中了。走进教室，看着在我面前排列整齐的年轻人的面孔，这种最初的气象真使我感到莫名的欢愉。起初觉得都是西洋人眼中不惯见的面孔，但是这些面孔，总似含有不可名状之愉快。与西洋人的面孔相比，他们的面孔有似于未加精制的物品，轮廓非常稳重，绝不表出喧闹拘谨好奇不安定的神情，其中虽有充分成熟的青年人的面孔，但总有一种无可名状的孩子样的青葱之意与正直之感表示出来。其中平凡的也有，醒目的也有。也有少数女性般的美丽的面容，但都显著地表示出温和的特色。除掉一种十分镇静和素直之点外，好像梦中的佛像似的，一个个都不表任何爱憎及其他念头，而显出温顺安详的态度。日子久了，对于那种温和平静的样子，便不甚注意，而渐渐地习惯之后，对于任何面孔，以前所不经心的特色，现在也表现出来了。因此便可以分别出各个人的不同来。但是这种最初的印象也许留在各人的心中。在我也许是经过了长时间的亲近，经过种种经验以后，才能充分明了日本人的某种性格，明了不可思议的预示的事物。记得最初的印象中似乎稍微窥出了一些日本人的精神，就是他们没有个人性的可爱之点和没有个人性的弱点。——我似乎稍稍见到一个外国人所

151

感的人生的性质，见到一种精神的安乐，这种安乐，好比在窒息似的气压中突然进入轻快明朗而自由的自然空气里，顿感清爽愉悦。

一八一九年九月四日

六

志田君不再到学校里来了，他长眠在洞光寺古墓地的杉树影下了。在开追悼会时，横木君对着亡友之灵，颂读辞采华丽的祭文。

可是横木自己也病了，我对他非常的担心，据医生说他这病是由于过度用功而引起的一种脑病，很是麻烦！就算治好了以后也非长期注意不可，有人以为横木体格素健，加之年事又轻，此毛病是不用担心的。不见强壮的坂根，前月吐血，现在也好了，由此看来，横木也一定可以复原的。

小豆泽每天把朋友的消息带来。可是横木的身体一点也不见好转，那个年轻的生命，像断了那不可思议之原动力似的，他常常很久地不省人事，有时却又醒转过来。他的双亲和朋友们日夜地看守着他，觑着他清醒的时候便轻轻地和他说话或问他道"你想些什么"一类的话。这样，有一天晚上，横木回答道：

"是，我想往学校去，想去看看学校。"

　　因此大家都觉着本来很好的头脑，现在完全坏了。一面又回答他道：

　　"已经过了中夜了，没有月光，加之夜间又冷。"

　　"不！星光是有的，我还想再看一次学校。"

　　大家虽然拼命劝慰他，但毫无用处。这将濒死的少年悲伤而反复固执地声述其最后的愿望。

　　"我还想看一次学校，现在就想看。"

　　于是邻空中微言细语，大家商量起来。歇了一息，箱厨上的抽屉也拉了开来，温暖的衣物也准备起来，于是有一个名房市的壮健男仆，拿了提灯来，用温和的声音说道：

　　"少爷，请伏在我的背上，到学校里去吧。那里并不怎么远，我让少爷再去看一次学校吧。"

　　大家很当心地，将此少年裹在被中，像小囡的样子，抱上房市的肩头，于是这健壮的男仆，通过寒冷之街安静地背了他走。父亲拿了提灯在房市的旁边跟着，走过了小桥，到学校的路也并不远。

　　学校的建筑，在夜间看来，简直一片漆黑，但是横木却看见了。他看见了自己教室的窗，看见了有屋顶的学生进出口。这进出口是横木在他快乐的四年中，每朝把木屐换以无声响的草鞋之处。看见了今正睡着的小使的房间，看见了小塔上挂着的黑黑的钟，映在星光影里。于是他轻轻地说：

　　"现在完全记得了！那些忘记的事，我又都想起来了。房市你实在亲切，我能再得一见学校，实在非常快慰。"

于是他们又经过了那长长的没有人通行的街道，匆匆地归去。

一八九一年十一月二日

七

横木在第二天晚上便葬在友人志田的墓侧。贫人临终时，只有朋友乡邻到他家来帮忙。也有去通知远方的亲戚的，也有准备一切必要事物的，也有在他死掉以后去迎僧侣①来的。

据僧侣说，在使者未来之时，施主家夜中死人，早有所知。因死者之魂曾一度猛敲寺门，于是寺僧起来，穿上僧衣，使者来便答道，起来了，已经预备好了。

此时死者之尸首，运到家中佛坛之前，放在床上，头上不枕枕头。为了要除恶魔，乃取露刃之刀，放在手足之处。是时，佛坛之户开启，各代祖先之牌位前，供烛焚香，亲友皆致送香礼。所以拿香来送人这件事，无论这香如何珍奇宝贵，均被认为不吉之事。

但神棚系用白纸糊好，不使人见。门口所钉神社之标扎，在丧忌之中，须加包覆。当这时候，家中任何人不可以

---

① 完全神道的人或属于神佛两方的人，其葬式以神道之式行之者，不在此例。在松江地位高的官员，是一定以神式来葬的。

走近神社，或向神祈祷或将头穿过牌坊。[①]

尸首与房间之入口处，以屏风障之。将戒名书于一片白纸上，而粘贴于屏风之上。如果死者是年轻人，屏风须行倒立，而死者如为老人则否。

亲友祈祷于尸体之旁，须祈祷一千次，为计算祈祷次数起见，将豆一千粒置于箱中，一边祈祷一边数豆，据说幽魂行冥冥之旅途中有了这种祈祷，可以得到很好的帮助。

僧侣来诵经，于是准备送葬，把尸体用温水洗净然后着以纯白的衣物，但是死人的衣服是左衽的，因此假定有人在穿衣时偶然把衣服这样合着是被认为不吉利的。

死尸装入那木轿似的奇形的四角方方的棺材时，亲戚们无论男女，都把自己的头发啦指甲啦剪些下来，一个一个地放进棺材中去，以代表他们的血。放入棺中六处，这是为了站在六道（佛说六种境界——地狱、饿鬼、畜生、修罗、人间、天上之谓）通衢之口的地藏王的缘故。

在屋里便排好葬列，僧侣敲着小钟做先导，儿童拿着新佛的牌位走，行列的先驱全是男性的亲戚和朋友，不知他们表示着什么意思，也有拿着白旗的，也有拿着花的，一齐都提了灯，因为这是在出云地方成人夜葬的情形。唯有小孩子

---

① 死者用神式来葬的时候，其情形就不同了。在松江丧忌有五十天。五十一日全家一齐到圆城寺滩（圆城寺某山丽之湖岸）去行净式。圆城寺滩之岸有一丈高的地藏王石景。就在之前，做祈祷，并以湖水洗手漱口，于是到亲戚家去吃早饭。净式必须在东湖之前行之。在丧忌中，家中人不可到亲戚或至交之处吃饭。但是用神式行葬者，则不必守此禁忌。

是昼葬的。随后棺材出来，接着那些掘墓的人啦、助理葬式的人啦，肩上抬着轿子似的东西走，最后出来的便是女性的送葬者。这些人都是从头到脚同鬼灵般的一身全是白色，戴着白头巾，穿着白衣服。只凭着那提灯的微光，照见那出云葬式的行列。世间上没有再比那群白衣的人群更虚幻的东西，一次见过以后，其凄怆情景，会时时见之梦寐。①

到了寺院以后，棺材放在大门前阶石的上面。僧侣诵经，同时伴以怨惨之音乐，做佛事。于是再排起行列来，在寺庭中行走一周，于是再进入墓地。但是死者非要经二十四小时后，是不能葬的，因为既确定了死的人，葬在墓地以后，须当心，不使之再活转来。

在出云地方，是没有出葬这回事的。就是这一点与其他是一样同为神道情操有力的证明。②

一八九一年十一月二十六日

八

当大殓前的时候，我最后一次看见他的面孔。他从头到脚均裹以白衣，为了冥界的旅途，身边附一白带，卧在床上。他显出奇妙温和的情形，闭着眼微笑。这种微笑，正如

① 但是从前武家之葬式，妇人是穿黑的。
② 在出云称之为山之物。

听我教授英语说明时的微笑一样。但是现在的微笑，更有一
种让人不可言说的意味。似乎他已得到一种更大的知识似
的，更显出美丽来。在洞光寺的佛堂香烟之中，黄金色的佛
像面孔，也像这样地微笑。

选自《陌生日本的一瞥》

生与死之片段

一

七月二十五日，本周有三件奇特之事临到我家。

第一件奇特之事，是关于淘井工匠的事体。在我所居之地，每年总有一次将所用水井中之水加以汲尽。以为不如此做，将惹怒水井之神。当这时候，我对于日本之水井及水井守护神之事，多少有些了解。水井之守护神，有两个名字，一曰水神，一曰水波之神。

水神使水清而冷，守护一切之水井。同时家主对于水井，必须严守清净之法，破坏此种法则之人，必致患病或竟死亡。有时候水神会化作蛇身而出现。虽祭此水神之神社未曾看见，但每月总有一次由巫师访问那些对水井凡有信奉的民家，并向水神做古式之祈祷，在井边立小帜为符号。在淘井之后，亦做同样举动。而第一次拿了吊桶去汲新水者，必

须为一男子。如果女子先去汲水，则井中之水，以后将终久
混浊。

关于此种事件，水神有小助手，即日本人称之为鲋的小
鱼。为了消治水中小虫，每一井水，必养有两条鲋鱼，在淘
井的时候，对于此种小鱼，必须十分当心。我对于家中水井
中有两尾鲋鱼这件事，是当淘井工匠来时才知道的。鲋鱼是
于水井满水的时候，被汲入水桶放入水中的。

我家小井中之水，是极清爽而像冰一样的冷。但现在每
次饮水的时候，总想到在黑暗中游泳着，当吊桶放下去时，
感到吃惊的两条小生命。

第二件奇特之事，是全身披挂、手执手摇的消火机的当
地消防队。根据从前的习惯，当大伏的时候，每年总有一
次，当地消防队，要在地方上巡视一次，并将民居的屋顶，
拿水来浇一下，从富有人家得到一点报酬。因为他们相信，
当久不下雨的时候，日光之热，也可将房屋烧起来的。这回
消防队就将我家的庭院花木屋顶等处，加以浇洗，使之有清
新之气氛，同时我给了他们一点酒钱。

第三件奇特之事，是为了进行地藏王之祭，而到我这里
来请求捐助的小孩子们的代表。地藏王之神堂，正在我家对
面街道之旁侧。我很高兴地捐点钱出去。因为我欢喜那温和
之佛，且对此祭礼是一件极感兴趣之事。第二天早上，很早

160

我就看见神堂上点缀着鲜花以及供奉的提灯。一个新的围兜挂在地藏王的脖子上。奉佛的膳食也摆在前面，工匠们为了供小孩们跳舞起见，乃在地藏王广场上搭起一座舞台。在日暮之前，境内造起一列小房子来，如玩具店等，陈列商品。到了夜间，我为看小孩们跳舞，便提早出门。我看见有一个三尺长的大蜻蜓，放在我的门前，这就是我给小孩们一点助力以后，他们回给我的一点赠礼。我一时对这逼真的模型竟吃了惊。但仔细看来，蜻蜓的身体是以松枝用颜色纸头包起来的。四只翅膀是四根火斗扎起来的。那光亮的头，是陶土的小瓶。全体直如影戏似的以提灯照映出来。此种影子，曾加过一番设计考虑。上边所述的虽无艺术材料，而做得却美感惊人。这东西是一个年龄只有八岁的穷孩子所制的。

二

七月三十日，我之南侧邻家低阴的房子，是一家洗染店。日本人的洗染店，为日晒染物，门前竹竿之间，挂满了丝绢或木棉之长布。浓青、淡紫、蔷薇、薄青等各色的绸带，一望便知其为染物店。昨日我的邻居邀我去他家。通过了小小的甬道，到了庭园之中，眺望其内部的四隅，我觉得不知在哪一点上，总有一种古京都宫殿的气氛。在那里有优美的假山，有清水之池，池中养着珍奇的复尾金鱼。

眺望了一会儿景色，那邻友便引我到那造得像佛堂似的小屋里去，里面的一切都是必不可少的小规模的建筑，我曾见很多的寺庙，可是从没有看到比这房屋更具美学意义的了。他对我说，造这房子只花了一千五百元呢，我就不明白怎么花了这么一点钱就够了。这里有三个具有匠心的雕刻的坛座，用漆与金做成的、发出光亮的三层之坛，上有许多慈悲温和的佛像和许多精巧的器物，黑坛制成之经几，木鱼，两个漂亮的钟。总之一切寺院之道具，这里都有了缩影。主人在年轻的时候，曾在寺中用过一番工夫，故能知经明典，凡净土宗所用之经典，他都有。他对我说，普通的一般经典，他都读过。他每天于一定的时候，集家族全部于佛堂，以行参拜。而主人参列读经。当特别的时候，附近僧侣亦来工作。

他又对我说起关于盗贼的事体。在洗染店中，特别容易被盗。其原因之一是人家委托的丝绢，往往价值颇昂。另一原因，大家都知道，洗染店这一项职业，赚钱甚多而管理粗陋。有一天夜里窃贼来了，其时主人不在店里，只有老母妻子及女佣在家。三个蒙着面、带着长刀的人，闯进店中。一个人问女佣，店中有没有伙计，伙计叫什么名字，家中还有什么人。女佣要想吓一吓强盗，只说年轻的人们一齐都在店中做事。但强盗们对于女佣的话完全不怕。一个人立在入口处，两个人走进寝室，妇女们都惊奇地立起来。妻就问他说为什么要杀我们。为首的强盗就说道："并不想杀，只是要钱而已。如果不拿出钱来，就要这样。"说时强盗就将刀往席上一插。老母说道："请你不要吓我媳妇，凡我家中所有的钱，可以一起给你，但是要请你知道，我的儿子到京都去了，所以现在钱是不会很多的。"媳妇就将钱箱以及她自己的提包给予强盗，正好是二十八元零八十四钱。强盗头儿一面数钱，一面以镇定的态度说道："我不想吓你，我知道你是信心非常深的人。你一定是不说谎话的吧，这是全部？""是全部！"她答道，"正如你所说的话，我是深信佛法的。因此我相信你现在到此地来拿我的东西，完全是因为我在前世拿了你的东西的缘故。这是从前所犯之罪罚，因此我非但不说谎，而且我是还偿前世对你所犯之罪，我毋宁有一种感谢之念。"强盗含哭说道："您真是一个好人。我不怀疑你所说的话。如果你没有钱，我也不想拿你的东西。那么让我再拿两件衣服吧，只要这点就是了。"说着他就伸手去拿那漂亮的丝绢羽织。老妇人答道："儿子的东西你要拿去都可以，但是这东西万万不可拿，这是别人寄在这里要染的东西。如果是我自己的东西，我给你也罢。人家的东西，是不可以给你的。"强盗承认说："有理有理，就不要拿吧。"强盗于是拿了点东西以后，就很和气地说了一声："请您休息吧！"并且吩咐妇女们，跟在他们后面送行。这时年老的女佣，仍然立在门口。强盗头走过时说道："你这家伙说谎话哪！打她！"就将她打得气厥，强盗们后来一个也没有被捉着。

三

八月二十九日，在某一个佛教宗派之葬式中焚化尸首的时候，发现一个形状如佛像的小骨头，普通认之为喉骨。这是在灰中寻出来的，实际到底是什么骨头，因为没有仔细调查，所以我也不晓得。

由火葬以后发现的小骨头的形状，可以推测到死者来世的情形。如果来世是幸福的，则骨头成为佛形。但如来世不幸，则成为恶劣之形，或全不成形。隔壁一家烟纸店中的男孩子，前天夜间死去了。尸首在今日夜间烧掉，在火葬后，所拣出来的小骨头，发现有三宝佛之形状。因此使孩子的双亲，多少得到点精神上的安慰。①

四

九月十三日，从出云松江来的信中，我知道那个供给我烟袋管儿的老人死了（日本人的烟袋管，普通有三部分，即金属制的大可容豆的烟管头，金属制的吸口，还有于一定时候可以拿来更换的竹制的轴。由此三部而成，读者不可不知）。这老人的烟管，总弄得非常清爽，或者有如豪猪之齿

---

① 在大阪天王寺将死人的骨头投入窖中，他们相信从投入的声音来辨别，可以推知死者来世的情形。此种骨头，集到一百年以后，即以制成了粉，塑捏起来，塑成一尊大佛。

164

的那样，或者如蛇皮的圆筒的样子，均非常美丽。他住在市外异常狭小的市场中。我之所以知道有此市场，是因为那边有一尊非常有名的白子地藏佛的缘故。①这个地藏佛，我曾经去看过一次。人家不知道这地藏佛的面孔为什么白得像妇人施粉一样，但觉得其中必有理由。但这个理由，我无论如何发现不出来。

老人有一个女儿名阿增，关于她却有一则故事。阿增现在还活着，她已经有长期的结婚生活，非常幸福。不过她是一个哑子。在从前，曾有暴怒的群众，将米市场师家中仓库破坏无余，大部分夹有小判币（古币名）的金钱。在纷乱中，四处散落。暴徒们（无教育之正直农夫）是并不要钱的，他们不想抢夺，而只想破坏。但是阿增的父亲，这一夜在泥中拾着了一枚小判币，回家而去。后来附近的人就密告他，使被捉将官里去。审问这个老人的推事，当时打算就那个年仅十五岁、而有羞涩之态的阿增加以讯问，冀求得证据。阿增感觉到如果她继续回答下去的话，她将于不知不觉中，提出不利于父亲的证据来。她觉着她所晓得的事体，无论什么，那位很能干熟练的审判官，一定能使她说出来的。她终于默无一言，而在她口中流出血来。原来她已将舌头咬断，她永远不能说话了。因此她的父亲得以赦免。于是有一个商人感佩阿增的行为，就娶她为妻，并养她年老的父亲。

----

① 这尊地藏佛，在松江市奥谷万寿寺。

五

据说十月十日，在孩子生涯之中，能记起前生的事体来，而说及之的日子只有一天。

正好满两岁的那一天，小孩为母亲带到家中最静谧的处所，将她放在畚箕中。小孩坐在畚箕中，于是母亲喊着小孩的名字问他："你前生到底是什么？你且说说看！"这样小孩总是回答一句话，这真是一件不可思议的事。小孩竟不能回答一句更长点的话。有时她的回答，有如一个谜。因此为解释此谜，乃不得不请问于僧侣或易卜之士。譬如昨天制铜店的小主人，对于母亲不可思议之问语，竟回答一个"梅"字。但是这个梅字，指的是梅花呢，还是梅实呢？或者还是名字叫做梅的一个女子的名呢？也许这个男孩子前生是一个女子，或者是梅树吧！有一个邻人说："人的灵魂是不会到梅树里去的。"今天就将此谜去问之易卜之士，据说这个男孩子，大了是学者诗人或政治家吧。因为他断言说，梅树者乃学者政治家以及学者之守护神，乃是一种天神的象征。

六

十一月十七日，关于日本人生活之事，我很想写一本书。这本书，内容所述，外国人无论如何不能意想得到，因

166

此是一本可惊的书。在这本书里面，所载有点稀奇，但确是关于愤怒之结果的研究。

在国民习惯上，日本人并不表示出易怒之意。即使在下层社会中，遇着重大的威吓之语句，也微笑着说："此恩是忘不了的，很谢谢你。"此种言辞可以常常听到，但是我们万不可想象此种言辞是一种反讥的意思，这确是一种婉曲的辞令（对于利害的事件，不说其真正的字义）。但此种微笑，不能说不含有一种死的意味，即复仇之来，乃出于不意。在日本国内，复仇者不问时间与距离。一天步行五十英里，将行李包在极小的手帕中，复仇者之忍耐心，不知限量，没有任何的障碍。他们也有选厨刀为利器的，用厨刀则不如用刀剑，日本人用刀剑的场合最多。因为日本人的手所使用的刀剑，是一种最可怕的武器。而盛怒之人，可于不到一分钟的时间中，杀死十人以至二十人。凡下手杀人的人，往往不想脱逃。根据古代的习惯，杀人者自己也死，而以落入警察之手为可耻。他们总是先做好准备，写好遗嘱，预备好葬式，有时竟（如去年所发生的惨例）连自己的墓石都刻好。一切都是准备达到了充分复仇的目的后而自杀。

关于日本人起源之学术的问题，至今尚不能解决。但一部分起源于马来的主张，则仍多少有其根据。温和的日本女性之服从的德行（关于此种德行西洋人无论如何不能想象而得），如不目击其事实，绝不能想到世间竟有此可能。日本女性之对人对事，即容忍到一千次，亦属可能。说来真不能使人相信，即一千次牺牲自己的事，亦属可能。但于某种特别精神被刺激以后，则如火性之烈，绝不能有所容忍。到了这个时候，那看去非常文弱的女子，忽然表现出正直之复仇的意外勇气，表现出用意周到不屈不挠之精神。她们对于男子，有可惊的自制与忍耐，但此中实有危险的东西存在着。如果你随随便便加以触犯，她们便不可容忍，而有所激发。但怨愤之物，绝非偶然激成，其动机必经严密之检讨。如对方出于无心之过失，则可容忍；如出之故意之恶念，则绝不容忍。

　　无论哪一户有钱的人家，遇有客人来的时候，常拿出几种家宝来给客人看。在这个时候，差不多一定要拿出一套日本固有的吃茶道具来。在这时候，常有一种箱子摆在客人及主人的面前。如果拿箱子开启，则见其中有系着丝穗的小袋。这丝穗乃是一种非常柔软而灵活的东西，这袋似乎可伸手进去的样子，这包中也许有什么奇妙的东西藏在里边吧。开启了这袋一看，原来里边又有一只种类不同而非常漂亮的袋。再将此袋开启一看，真奇怪，又发现了第三只袋，里边还有第四只、第五只、第六只、第七只袋。在第七只袋中，乃有读者诸君所不曾见过的东西。袋中所藏的，乃是一种最奇妙最粗最坚固的陶器。但是这种陶器，不仅极其稀奇，而且非常贵重。这种陶器，也许是千年以前之物。它真如外边所包的袋一样，象征了日本人之性格。数百年来日本的最高社会教育把这种性格以贵重而柔软的许多袋好好地包了，这

168

个袋就是礼让、优美、忍耐、温和及种种道德的情操。但是这个柔软的袋里留有坚硬如铁的原始黏土——一切蒙古利亚人的血气，一切马来人危险的娇柔的特质。

选自《来自东方》

傀儡人的墓

万右卫门一心要去安慰一个小女孩，带了她到我家中来吃饭。我看见那聪明而可怜的十一岁左右的孩子，她的名字叫做稻，她疲弱娇柔，颇与其名相当。

由于万右卫门柔和的劝慰，小女孩才开始说话。我听见这小孩的说话声音，我想她可能有什么特异的事体要说出来。她说话的声音高且细，很是可爱，让我想起了炉子上铁壶喷气的声音，声音的语调没有什么变化，不表现任何感情的声音。在日本，人们常常听见女人及小女孩的说话，她们的声音总是一字一句有着落而平板透彻，而绝不是一种奇怪或有异样感的声音。其实这是她们总把情感压抑着的缘故。

稻说道："我家里有六个人，父亲、母亲还有年纪很大的祖母，还有哥哥同妹妹。父亲在裱书店中糊贴纸窗，并裱装画条。母亲是替人理发的。阿哥到印刷所去做学徒。父亲同母亲过得很好，母亲比父亲更有钱。我们穿着好的衣服，吃着好的东西，在父亲生病以前，我们生活无忧。父亲的身体很强健，我们想不到父亲会生病，而且这样的重，父亲自己也没想到。但是在生病的第二天，他竟死了，真是非常可怕。母亲把悲痛隐在胸中，仍照从前一样地出来迎接客人。但是由于父亲死后过分担忧的缘故，母亲身体也不行了，因此在父亲葬式后八天，母亲也亡故了。这实在太出人意料了，没有人不惊奇的。因此附近的人们，认为马上要做一个傀儡人之墓，以为如不造这种墓，则我们之中又要死去一人。阿哥认为这话是对的，但是对于造墓这件事，却延迟了下去。我不大明白，也许因为没有那么多钱的缘故，总之这墓没有完成。"

"什么叫傀儡人之墓？"我插言道。

万右卫门答道："大约你看见过傀儡的墓，也不曾注意吧。这真如平常看见的孩子的墓一样，一家中如同时死了两个人，则必将死第三个，在日本，大家都相信这种说法。因此一家中如一年之内有了两个人的葬式，则两个墓以后，必有第三个墓，在墓中放入一个小的藏有稻草人的棺材。在墓上书以戒名，建以小碑。那墓地所在的寺中的僧侣，就把戒名写在墓石上。大家认为傀儡墓建筑以后，就不会再死人了。稻，你继续说下去给我听。"

小孩继续说道："还有祖母、阿哥、我同妹妹四个人。

阿哥今年十九岁，在父亲亡故的前九天，正好是学徒满师。这真是上天可怜我们，阿哥现已为一家之主，事情做得非常好。有许多人同情我们，因此全家得到抚养。阿哥于第一个月赚到十三元钱，在印刷所工作这是很好的了。有一天夜里，他生病回来了，他说头痛。在这时候，正好是母亲故后四十七天。这天夜里阿哥不能吃饭，第二天也起不来。他身体很烫，我们拼命地看护他，夜里也不睡觉，守在他旁边，但是仍就好不起来。病后的第三天，真把我们吓倒了。阿哥与母亲竟开始谈起话来。母亲死去了四十九天。四十九天时，魂将离开房顶，而阿哥正如母亲叫他的样子对母亲回答说：'是是！母亲！马上就来！'阿哥说，母亲牵了他的袖子走，他还将手指点给我们看，那个在那里，在那里，不能看见吗？我们说什么都没有看见。他又说：'这是因为你们不快看啊，母亲现在藏起来了，藏到席子下面去了。'在上半天，他总说这一套话。到后来祖母就立起来，在床上蹬足大声叱骂。

"祖母大喊：'儿媳！你做了一件极大的错事。在你生在世上的时候，我们都对你很好，没有一个人对你说刻薄的话，现在为什么要带了儿子去，为什么？你也应该晓得，他现在是我家的柱石啊!儿媳！这太残酷了，太胡闹了！'祖母太气愤了，甚至身体发抖，于是又坐下去哭，我也和着一同哭。但是阿哥仍就说母亲牵他的袖子，到了黄昏时，他死了。

"祖母大哭，抚着我们，自己作歌而号。这歌直到现在我还记得。"

　　　没有双亲的孩子呀!好比滨边之千鸟!
　　　日暮兮日暮兮!双泪飘零!

　　"于是成就了第三个墓,不过不是傀儡的墓,而是阿哥的墓。我们在未到冬天以前,是住在亲属家中的。就在那个时候,祖母也故去了。祖母是于夜中谁也不知道的时候死掉的。她好像是在睡眠中死去的,于是我就同妹妹分离了,妹妹做了父亲的朋友之席店中的下女。他们对她很当心的,现在她也进学校了。"

　　"啊!真是不可思议的可怜呀!"万右卫门不禁慨然而言,于是暂时陷于同情之沉默中。稻立起来行礼,要回去了。当她就草鞋伸足进去的时候,我正想问问老人的话,就走到那女孩子坐的地方去。这小孩好像晓得我的意思一样,就向万右卫门做了一个奇特的姿势。万右卫门就马上制止我,勿去坐在那女孩的旁边,且向我回答道:"稻请先生拍一拍她刚才坐过的地方。"我惊问道:"为什么?"这女孩坐的地方是很热的,我那不着鞋子的脚,能很爽快地感觉到。万右卫门答道:"别人的身体坐在前人坐过的热的地方,就会将前人的不幸传染到这个人的身上去。这孩子认为有人走到她坐的地方去,不先拍一拍是不好的。"

　　可是我并不照那种"巫术"的样子,竟坐下去了,于是

174

我们都笑起来。

　　万右卫门说道："稻！那位先生愿意分取你的不幸，那位先生啊（我对于万右卫门所用的敬语，简直无法可译，先生两字，似犹不确）！一个外国人愿意分担你的苦闷。你不要担心吧！稻！"

选自《佛田的落穗》

滨口五卫兵

　　日本海岸，自有史以前，每隔一世纪或数世纪，即被起发无常的大海啸所扫荡。此种海啸乃因地震或海底火山爆发而起，使海水突然膨胀，异常可怕，日本人称之曰津浪。最近一次的津浪是在明治二十九年（一八九六年）六月十七日傍晚猝发的。那时津浪之长，约达二百英里，袭击宫城、岩手及青森东北诸县，数百都市村落悉为破坏，因而全毁者不知凡几，人命丧亡者，达三万名之谱。

　　滨口五兵卫的故事也是讲海啸灾害的，不过那次海啸是起于日本另一海岸，时间亦远在明治时代以前。

　　发生这件大事而使滨口五兵卫成名时，他已是白发垂垂的老人。他本为该村之最有力者，且久任村长，受人尊敬，受人爱戴，因此人们都称他为老公公。又因五兵卫为当地最豪富的人，所以也被人共呼为财主。他平日常用那些有益的事物指导当地的农夫，有时也做农民间争吵时的仲裁人，必要时还能代人垫款，并在最惠之条件下为他们销卖米谷。

滨口的那所大草屋是建筑在一个小高台的边端，从那个高台上可以俯瞰海湾，台之左右及后方均为树木森森的山陵所合抱，台上则广植米谷。台前土地向外延长，直达海滨水际，恰似一个剖成的倾斜的大绿色凹面。那倾斜面全长约四分之三英里，从海面上望过去，可见一条蜿蜒曲折的山径将大阶梯似的绿色凹面中分为二，全村主要的九十余户草屋和一所神庙，便沿着这弯曲的海湾建立着。此外，在通滨口家的那条狭坡路的两旁，也断断续续地散建着几户人家。

在某一个秋天的傍晚，滨口五兵卫在自己家的廊檐旁眺望山下村落的人民，正作祭祀的准备。那时稻的收成非常之好，因此村民们打算在神庙内开个跳舞会以庆祝丰收。老人远望山下寂静的屋顶上飘扬着旗帜，一列列的提灯装饰在竹竿之间，神庙的布置及穿着华丽衣饰的年轻人群们都清楚地收入眼底。那时和老人在一起的只有一个年方十岁的孙儿，其他家人早已往村中去看热闹了，如果那天老人的身体不稍有不适，也会和他们一同出去的。那一天溽暑蒸闷，虽略起微风，但余暑不消。据日本农夫的经验，这是在某个季节内将起地震的预兆。果然不久地震发生了，可是震动度并不怎样的强烈惊人，但在身经数百次地震的滨口看来，便觉得有些怪——长钝而不平均的摇动，也许是极远方所起大地震的余波吧，这样房屋在几度微震之后又复归平静起来。

在地震终了之后，滨口深思远虑的目光，黯然凝望村落之处。人们在注意凝视某种地方或事物时，常会直觉地把目光转移方向，无意识地朦胧地将目光转向视野之外，注意到一些异乎寻常的事物。滨口也就在这种情形下感到了某种怪异，他只见海面上突然变得黑暗起来，海水好像和风向逆行，由陆地直向海中急退下去。

他顿然感到全村将发生空前的怪事，可是村中人民，对于方才的地震似乎并没有什么特别的感觉，倒是对于那海潮的运动认为惊奇，一齐跑到海边去看。一向潮退时，海水从没有退到那么远，那里的海岸真是见所未见，肋骨似的一片沙的广场显着畦垠，海草缠绕着的岩石区域尽收眼底，可是村下的人们似乎并没有人想到这巨大的退潮是有什么意义的。

即使滨口五兵卫自己也从没有看到过这种怪现象，但是他却记得幼时祖父的话，因此对于海的种种传说也都了然，他知道现在海的怪现象马上会变到什么情形。他立即考虑派人到村前去需要的时间几何，到山寺里去请僧人鸣巨钟所需的时间几何……可是说时迟，那时快，滨口立即对他的孙子说道：

"忠！快些！不得了！快把火把点着了拿来！"

这种火把是用于大风之夜的，有时在祭神典礼时亦用的，因此海边多数人家均予贮藏。那小孩便立刻将点着的火把拿了来，于是老人接了火把便迅速地奔向田野中，那儿正堆着大部分是老人投资的数百稻丛，那些稻还是刚刈好搬运回来的呢！老人奔到了山坡下最近的稻丛旁，老是张皇地跑来跑去，用火把将那些稻全点着了。被太阳晒干了的藁，便像火绒似的燃着了，风从火势，直逼山冈，便将那稻藁一丛又一丛地烧去，俄而烈焰腾天，浓烟成阵，交集天际，成了一片大云涡。忠看见骇极了，跟着他祖父后面随跑随叫道：

"爷爷！干什么？！爷爷！干什么？！……干什么呀？！"

可是滨口并不回答，他没有工夫说明，他只考虑着，那濒于危难的四百村人的性命，孩子见着稻的燃烧一时心神兴奋，但又突然地哭了出来，他以为祖父是发了狂啦，拼命地奔回家去。滨口呢？还是将火把在一个一个稻丛上点燃着，终于走到了自己田地的尽端，于是扔了火把静候着。山寺的和尚们看见了这样的烈焰，忙把巨钟隆隆地敲动。这一下使山下的村人愣住了，既见烈焰，又闻钟声，沙滩上的人们，越过了水渚，村中人犹如蚁群般地急登山坡。可是滨口看见他们的狂奔，并不觉得他们跑得比蚂蚁更快，他性急地期待他们上山，只觉得时间太长了。当红日将沉时，实时见遥向海湾皱底之处有斑点之土色大广面，忽发橙色之光亮，汪洋大海急向地平线处迅速推进。

但实际滨口鹄候不久，即有第一批救护队赶到了，他们是二十来个年轻机敏的农夫，马上要赶过去灭火，可是这位财主老人忙伸着两手阻止他们，说道：

"由它去烧好啦！……不要管它，正要叫村里的人全到这儿来，不得了啦！"

180

　　果然村里的人都陆续地来了，于是滨口就开始点人数，年轻的男子和男孩马上都到这儿来了，健康的女子娘儿们也都来了，还有老人也大都来了，连背着婴孩的母亲，孩童们都来了（因为孩童也可以帮助运水救火的）。至于刚才没有和最先奔上山的人们一同走的人，现在也眼看他们都在急急地跑上山坡。渐次村人广集，依然不知何事，只是以戚然不可思议的情状交望着燃烧着的田野和形色自若的滨口五兵卫，时已夕阳西下，暮色苍茫。

　　忠只是啜然地泣着回答那般质问的人们道："祖父真的发疯了，我怕呀！……祖父发了疯，故意把稻都点上了火，是我亲眼看见的。"

　　"诚然，焚稻的事正如忠孩所述……是我给点火焚烧的……好，你们全都来了吗？"滨口答。

　　组长和家主们都回首四顾并望着山坡下答道："都在这里了，没来的也立刻就会赶到……但我们总不懂这究竟是怎么一回事。"

　　"来了！好！"老人指着海面尽力地高叫道，"你们看，俺是发疯了吗？"

　　透过苍茫的暮色，大家一齐凝视着东方，在那灰色的地平线之边际而并非海岸之处，但见好像海岸影儿似的一条又长又细又薄的灰白线，转瞬之间便粗大起来，正像住在海岸旁边的人看潮起时海岸线扩张起来的情形一样。可是那条细白线却快得无与伦比，且无限制地扩张起来，一会儿那条长的灰色光，便像悬崖绝壁那样地高耸着，比鸢飞还快地倒冲进来，这真个是排山倒海呀！

"津浪！"人们都狂呼着。

那巨大的海的膨胀，挟雷霆万钧之力，足以震撼山岳，又带着那赫然电幕似的飞散着的泡沫冲着海岸，那时便发出一种不可名状的激烈的响声，比任何雷霆都来得响，使一切呼叫的力量、听音的力量，都归为乌有了。于是一时又像云一般地涌上山坡来，山上除水雾的风景以外，什么都看不见了。人们都骇得向后逃散，异常狼狈，惊魂甫定，再望村前，只见家屋之上，澎湃着一片白茫茫的可怕的大海。随着声声巨响，海又往下退去，把土地的五脏六腑都掀断了似的退下去。这样两次、三次、五次……海浪进了退，退了又进，可是每进退一次，波浪就小一次，一直到巨浪停歇，复归原状，好像大风暴以后的那样荒凉，高台之上一时声息全无。人们都无言注视着山下荒芜的情景，只见被巨浪冲掷出来的岩石、破裂骨露的绝壁不胜凄怆，住宅和神庙的原址，空无所有，代以由海底卷上来的水藻和沙砾，狼藉满地。村落是没有了，田亩也大部分完了，就连高段的田地也不复存在了。沿海湾的人家，没有一户是残存的，只见两个草房的屋顶凌乱地浮沉在海面上，死里逃生以后的恐惧，使人茫然自失，不发一言。最后，又听见了滨口稳重的声音，说道：

"这就是焚火燃稻的理由啊！"

他们的财主滨口五兵卫，现在也穷得和最穷的穷人一样了，因为他的财产全都没有了。但是亏了他的牺牲，才救了四百条生命。小忠儿缠着手跑过来求祖父原谅他刚才所说的呆语，村人们才醒悟他们现在还能生存的原委，对于滨口那种单纯的忘却自我之念，以及先见之明，救了他们的性命，无不感激流涕。于是打头的人们便向滨口五兵卫跪伏谢恩，其他的人们也都同声拜伏。

这时老人不觉潜然泪下，也许因为他太快慰了，也许因为他自悲颓年衰弱，受这样的苦楚。

人们似乎在说"房屋残存"的话时，滨口便立刻机械地抚着小忠儿的面颊说道："这里有地方可以容很多人住，住不下的也可以住到那山上的寺里去。"

于是他便招待村人们进了自己的家，人人雀跃欢呼。

苦难的时期很长，因为当时由一地方到其他地方去，没有敏速的交通方法，而必要的救助与给养，又非来自远方不可。但局势回复原状时，人们谁都没有忘记他们曾受滨口五郎之惠而无以报偿的，可是他们没有办法再使滨口富有起来，纵令他们能如此而滨口也绝不准许他们这样去做。赠送物品给他吧，那是不足以表示他们崇敬之念的，他们唯有相信滨口的心灵是和神一般的伟大的，因此他们就把他尊之如神，以后就称他为滨口大神明了。世上再没有比这种尊称更光荣更伟大了，村人们就把这种伟大的好名誉赠送给他。事实上，任何国家也从不能对于一个肉体的人赠与他这种荣誉的。因此他们在重建村落时，特地为滨口建筑了一所神庙

（译者按此即生祠）。庙门前用金色的汉字把他的姓名写在匾额上，人们祈祷奠荐，向他礼拜。关于这件事他怎样感觉我可不明白了，但我只晓得山下的神庙里虽然为他祝福裥祭，但他还与从前一样和儿童们孙儿们在一起住在山上的古老草屋里，过着那普通的质朴生活。他死后迄今已百年以上，但是他的神庙犹存，因此人们在恐怖或危困的时候，依然求那位"善良的老农夫"的神灵去救护他们，至今香火不绝。

选自《佛田的落穗》

乙吉的不倒翁

　　不知若干年以前，我在东海岸之某渔村，过了一个快乐的夏天。那里并无旅馆，有一个鱼店的老板，名曰乙吉者，借给我一层二楼，并做各色奇妙的鱼制的菜肴给我吃。有一天早上，乙吉到店中叫我去看一种奇怪的鲂鱼。……不知读者曾见过类似鲂鱼的鱼类否，这是一种极大的与蝴蝶或蛾子相似的东西。因此如果不常见的话，是不会知道的——有翅鱼之一种而不是一种虫。像有一对翅膀样的东西，并生而为四只鳍。上一对黑色，上有天青色之鲜斑点，下一对为浓红色，还有如蝴蝶样之脚，很细的脚，回转甚速。

　　我问道："能吃吗？"

　　乙吉答道："嗯，我将拿此做了好小菜给你吃。"

　　（随便问他什么话——即使对于问话要加以否定的时候——乙吉总是先用"嗯"这个感叹词来回答，据说这是他所用的同情与好意的调子，使得听者立刻忘记了一切浮世的劳苦似的。）

于是我回到店里徘徊着，看各种的东西。在一处有许多的架子，其上摆着装海味的箱子、食用的海藻包、一束一束的草履、酒壶、汽水瓶，等等。对面的顶上，有一个神橱，神橱之下，看见一个达摩老祖的红色的像。这像绝不是一种玩具，前面有供奉的东西。我觉得将达摩老祖供为家神这件事，并不可奇。我晓得在日本，各地凡会生疱疮的小孩家中，必供奉达摩老祖。但是我对乙吉所供的达摩老祖不同的容貌，则颇为惊奇。就是因为佛像的眼睛只有一只，一只极大的可怕的眼睛。在店之昏暗处所看去，像一只大的猫头鹰的眼睛，似乎在斜看着人。这是一只右眼，是拿一种有光的纸头所做成的。左眼的眼眶，是一个白的孔洞。

因此我招呼乙吉道：

"乙吉先生，孩子们已经将达摩老祖的左眼打坏了吗？"

"嗯嗯。"乙吉在鱼的砧上将好的鲣鱼提起来，一面抱憾似的含笑说道：

"买来时已没有左眼。"

我问道："是这样做的吗？"

"嗯。"乙吉答道，他即把长的菜刀，将银白色的鱼腹略无声息地一下就给刺穿，"我们这个地方不过做那盲目的达摩老祖罢了。我买此达摩老祖的时候，是一只眼睛都没有的。去年大大的网渔之后，才给它装上一只右眼。"

"但是为什么不造两只眼睛呢？"我问道，"只有一只眼睛，不是于心有所不安吗？"

"嗯嗯，"乙吉以巧妙的手技将一块一块的桃花色的及银色的肉，排列在玻璃架上，同时答说，"如果有运气好到不得了的一天，还要将左眼装上去。"

后来我在村庄的路上随便走走，东西瞻望人家的房子和店铺，我在平坦的路上，发现其他种种达摩老祖，也有没有眼睛的，也有只有一只眼睛的，也有两只眼睛都有的。

我记得在出云地方一般认为实际施恩而应感谢者，是一只布袋，一个大肚皮的安乐之神。礼拜者如认为有感谢之理由时，那布袋安乐之神，即被放在一个柔软的坐垫上，使之安乐。而每次加恩以后，即对神叠加坐垫。但却不曾看见过达摩老祖有两只眼睛以上的事件。如果达摩有三只眼睛，那就变成为三眼小沙弥的妖怪了。达摩老祖有了两只眼睛的时候，面前供有许多小供物。此时达摩便得让位于没有眼睛的达摩。这看他们收拾的情形即可知道。对于没有眼睛的达摩老祖，为了要使之有眼睛，乃不得不努力稼穑。因此奇妙事件之降临，乃为人们所企望。

在日本，如此种有趣之小神灵甚多。因为太多了，如果加以说明，需有许多书。我觉得此种人愈礼拜不可思议之小神灵，大概愈见其诚实而愈可佩服。实际在我自身经验中，神愈是质朴，人便愈是正直。此种信念，大体不误。但对非常小的神，就玩具的神而加以信仰，乃为心地质朴之人之所事。在此种险恶之世界，心地质朴，最接近于纯粹之善。

　　我离村的前夜，乙吉开了两个月的饭钱账来，此账简直便宜得不能再便宜了。当然根据日本亲切之习惯，酒钱一项是在希望之中的。但细考事实，乙吉所开之账，的确是极其正直的账。我想起种种感谢的事体，而要表示我的心迹，我至少要给他双倍的钱才称我的心，而乙吉君当然极其满意。同时他们适宜而拘礼的举动，也是很可悦的。

　　我因为要坐迅速的特快车的缘故，翌朝三时半即已起身换上衣服。但在夜半人们正当做梦的时候，很暖热的早餐已经摆在楼下等我。我看见乙吉的面孔微黑的女儿，正预备着一切服侍我的东西……我吃最后一杯热茶的时候，我不觉将我的眼睛注视于神架之处，在那儿小小的灯还点着。此时我注意到，在达摩老祖的前面，也点有一盏灯。我觉得这个达摩老祖，同时瞪着眼睛直视着我——是两只眼睛了！……

选自《日本杂记》

桥　上

　　我的老车夫平七拉我到熊本附近一个有名的寺院去。

　　走到白川，有一个拱如驼背的曲桥。到了那里，我就叫平七在桥上停下车子。我想欣赏一下该处风景。在夏之晴空下，土地的颜色浸润在白色的日光之中，看起来如梦幻似的美丽。桥下的浅川，成了各式各样的绿荫。深映着灰色的河底，流水潺潺汩汩之声。前方红白色相间的道路，直通那合抱着肥后大平野的青青山脉，通到那森林之处，通到那村庄之处，盘旋曲折，或隐或现。在后面的，遥远望来是有无数青色屋顶交辉的熊本。遥对森山绿树，显出了绮丽白色的城之轮廓。在夏日之下看此种情景，恍若烟霞幻梦之都。平七揩着额汗说道："十五年前，不！十六年前，我就立在此地看市场上的大火。"

　　"是夜里吗？"我问道。

"不！"老人说，"是午后下雨的日子，因为正在战争之时，市场烧着了。"

"与谁战争？"

"城中军队与萨摩人作战。我们为避免流弹，在地面上掘了一个洞，蹲在那里。萨摩人在山上架起了大炮，城内军队对之还击，炮弹在我们头上通过，市场都烧起来了。"

"但是你为什么会到这里来的？"

"我是逃出来的。是一个人逃到这桥上来的。我是想到离此地二十里左右的地方，即我阿哥的农场。可是走到此地被人阻止了。"

"谁阻止你的？"

"萨摩人呀！具体是谁，可不知道。我到了桥上，看见有三个农夫。我以为他们是农夫呢！他们都靠着栏杆，戴了大的笠和蓑，穿着草鞋。我是亲切地与他们搭话。但就在这时，其中一个将头旋了转来，命令我道："停在这里！"他只说了这一句话，其他的人什么都不说，于是我就知道这些人不是农夫，就不免心中害怕起来。"

"你怎么知道他们不是农夫？"

"蓑衣中藏着长刀，很长的刀。他们的个子非常高。靠着桥栏，下望河川。我也立在旁边，正好是在左面第三根柱子的旁边。其他人也一样地靠着栏杆，长久地倚立着，谁也不说一句话。"

"大约有多少时候？"

　　"不大清楚，总觉得是很长的。我看着市场在那儿焚烧。在那时候，也没有人同我说话，也没有人看我一眼，都是注视着流水而已。有一个骑兵将校，骑了匹快马过来四处张望着。"

　　"是从市场来的吗？"

　　"是！在那后面的道路，一直来的。那三个人从笠下横视，头动也不动，装着在那里俯视河川，可是那匹马刚走上桥时，三个人马上转身跳扑上去。其中一个人，牵了马缰，一个人扼住那将校的腕，一个人砍掉他的头，一切只是一瞬间的事。"

　　"把那将校的头砍掉？"

　　"是的，连发出声音的时间都没有，头就落了下来。……这样快的出手，从来没有见过。三人都一言不发。"

　　"之后呢？"

　　"之后他们把尸首从栏杆上抛到河中，还有一个人将马拼命地敲了一下，那马就狂奔而去。"

　　"向市场而去？"

　　"不，那匹马是向桥的方向即村子的方向一直被赶了过去。那将校的头，并不抛却，有一个萨摩人，将他的头放在蓑下。……于是大家依旧同从前一样靠着栏杆往下看。我的膝抖动了。三个武士依然一言不发，我连他们的气息都听不到。我怕看他们的脸，我继续不断地看着河。少许息了一息，又听见马的声音，我的胸头骚动，心境又坏了起来。于是抬头一看，一个非常快的骑兵，直向桥上而来。于是他们靠着桥，谁都不动。忽然一下，那骑兵的头已经落下来了，尸首再次被抛入河中，马也被赶走，正如前次一样。照此种情形，同样有三个骑兵被杀，这时，武士们才离桥而去。"

"你也离开了吗？"

"不，他们杀了三个人，马上就走。带头的走了，对我看都不看一眼。我等他们走得很远后，还动也不能动。我畏缩地立在桥上，于是我回头看向焚烧着的市场，拼命地跑。就在这时候，听到萨摩军队退却的消息，随着东京方面的军队也到了。于是我又找到了一份工作，就是替军队运草鞋。"

"你说在桥上你看见被杀的人是谁？"

"不知道！"

"你不想去询问吗？"

"没有！"平七再揩揩额汗说道，"一直到战争完后很久，我对于这件事，一点没有说给别人听。"

"这是为什么？！"我追问道。

平七装着惊吓的面容，又像无辜抱憾的样子，笑着答道：

"如果说的话，那么这样也许是不对的吧！因为也许我是忘恩负义了吧！"

我当然是好像被他申斥了似的。

于是我们继续旅途。

选自《日本杂记》

192

关于日本人

沉　默

在京都之古式游行行列通过时，群众结集，全体沉默。西方读者对于这种事，必觉得有点奇怪。但是事实上群众正表示无上的快感，如拍手喝彩等骚动的赞赏感情表示，与日本国民性完全不合。如山呼万岁，虽为军队的欢呼，实际乃由外国传入。至于在东京的种种骚动的示威运动的倾向，竟是现代的产物，总觉得有点格格不入。我一八九五年（明治二十八年）在神户有两个印象，非常之深。第一是天皇照例行幸之时，群众结集甚多。最前的几排在天皇行过时虽然下跪，但一点耳语之声都无。第二回显著的沉默，是军队凯旋的时候，军队行列行进凯旋门时，群众声息全无。我就问这是什么缘故呢？据答说，日本人以沉默来表达感情的强烈。我以为战争之前，日本军人刻板的沉默，是非常有力量的，虽然也有例外。但是在日本，无论是快乐痛苦，他的感情愈强，或是在某种场合，他愈是严肃、悲壮，则受那感情的人和在那种场合行动的人，亦更趋于沉默之态度。此乃当然之事。这种事，或可名之为一般之真理。

选自《佛田的落穗》之《京都纪行》

勇　气

我想与学生们谈一谈关于古希腊的神话剧。我以为该神话剧中赫拉克勒斯①的性格，对于他们也许有特别的兴趣。但是听了我讲过后的批评，我才知道，我错了，竟没有一个人提起赫拉克勒斯这个人。我们可以明白，我们所认为的勇气毅力以及不怕死的理想，实不能使日本少年遽行佩服。在日本人看来，并不认为例外。他们认为勇壮系当然之事。以为勇壮之德，乃附随于男子之身，而不可须臾或离之物，即使女子也以惧怕为耻。男子则无所谓惧怕这一回事。至于腕力之表现，如赫拉克勒斯者并不十分使人佩服。在日本人的神话中，有很多强力无比的神，此乃数见不鲜之事。至于日本人，则由强烈之训练，而达于娴练之境，尤是珍贵。在日本之少年中，真欲如巨人辨庆这样的人，是没有的。而战胜辨庆的一个人即瘦弱之

---

① 赫拉克勒斯是希腊罗马之神话中极强壮之勇士，乃实现勇气刚毅的理想之神，而受人崇拜。

194

义经其人，却为所有日本少年心目中的完全武士典型。[①]

选自《来自东方》之《九州岛学生》

原　力

一

日本之真的力量，在其民众。农民渔父手艺人劳动者在田里劳动，或在都市中从事最下级职业的忍耐力极强的温和的人们。日本之真力，即存在于此等民众之道德心中。民族一切不自觉的壮烈的气质，存在于此等人中。民族一切异常的勇气并不在轻掷生命，而在死后之荣誉。一朝受国君之诏勅，即想以牺牲生命之勇气赴命，此种勇气，亦存在于此等人中。现在召集出征的数万青年中，没有一个人说出一句话，即"希望很平安地作名誉之凯旋"。他们口中所说的希望，只有为了陛下与祖国献其生命。能在英灵集合的靖国神社中受享，永远为世人所记忆，如是而已。

选自《神国日本》之《异国风物及回想》

---

　　① 源义经是镰仓幕府创设者濑赖朝的兄弟。他幼名牛若丸，是一个文雅风流的美少年，他在京都五条桥上和怪盗辨庆格斗，制伏他。以后辨庆为义经的忠实家臣。

二

此种不可思议之国民，无论遭逢如何之不幸，必能很勇敢地忍耐。从不知若干年前之太古开始，日本乃是一个天变地异不绝发生之国家。有一瞬间破坏许多都市之大地震。有长两百里的大海啸，将海岸居民一扫而空。有浸淹田亩几百里之大洪水，将农耕作物漂荡无存。有埋没几州地面之大喷火。此等灾厄，实可锻炼民族养成忍耐不屈之精神。至于训练人民对于战争一切之不幸，均能勇敢忍耐，亦已充分做到。就是与日本最接近的外国人，至今也不能推量出日本的原力来。恐怕日本人的忍耐，要比反击力来得更强。

节选自《天河缘起及其他》之《从日本来的书信》

自　制

在公共交通中疲倦欲眠之时，虽欲横身一憩，亦不可得，当此之时，日本女子，于闭目倦憩之前，开始以其长袖掩盖颜面。在二等车中，相并小眠之女子计有三人，三人均以其左手之衣袖掩盖面部，直如静静水流中之浮水睡莲，随火车之震动，而微微摇摆。以左手之衣袖来掩盖面部，或出于偶然或出于本能，但大部总是出于本能的。此因她们的右手，不知不觉中握住革纽，处势便利。此种光景，既有趣而又美丽，而以美丽之成分为多。此即上等之日本妇人，随时随地表现其无上之优美，而最为一种毫无私心之态度。即她们在任何事件上，均表示其上等流品之情态。此种情态含有感伤的，又似悲感的，有时又似一种魅人的祈祷的情态。此种优美态度，似受过一种训练，而存有一种义务的观念。即欲以自己认为最愉快之颜面，露示于人。此意乃作者自己回想到的经验。

在我家中做得相当长久的一个男用人，我觉得他是一个无上明朗的人。他要想讲话的时候，老是笑嘻嘻的样子。做事体的时候，也像是很开心的样子。对于世上一切小麻烦的事情，也觉得无足关心的样子。但是有一天，当他完全一人孤独的时候，我去看他，他的宽弛的颜面，不觉使我吃了一惊。此时他的颜面，完全与从前不同。凡痛苦愤怒难堪的皱纹，一齐呈露，看去似乎老了二十年。此时我因为要使他知道我已立在他的面前，我就轻轻咳了一声。他突然改变了面容，立刻变作年轻。这真是一件奇事。原来他的圆滑明朗的态度，乃是永久无私的自制的奇迹。

在大阪京都间之火车中　明治二十八年四月二十五日

选自《和风之心》之《节录旅行日记》

挽　歌

这真是一件不可思议的事体。自古以来，在日本作短歌这件事，与其说是文学的技术，不如说是道德的义务较为确切。昔日的伦理的教训，便先有此种风格。"你怒极了吗？则请你不要骂人，还是作则歌吧。你最爱的人过世了吗？那么请你停止不可挽回的悲叹，试努力作歌以尽心。有许多未曾做完的事还留着未做，而此身快要死了，你感到烦闷吗？则请你拿出勇气来作些关于死的歌。因凶横无道而不幸受苦，则请你赶快尽力，将不平与悲伤放置一旁，而为道德之修养作几行质量优美之歌。"这样从前将一切种类的苦难皆以歌达之，死别生离，以及种种不幸，不出之以叹息，而出之以讴歌。那些与其受辱而甘愿就死的贵妇人，往往于未刃喉之前作歌。赐死的武士，在切腹之前作歌以见志。这些并非是遥远而传奇之事。即在明治治世之时，决心自杀的青年在去世之前，亦有作歌以明心者。那些处于困难最甚之境遇中，不限于一方，即在临终之床上亦然。从容作歌，就我所知，为例亦多。这些歌，并不见得有非常之技巧。至少当痛苦之际，表示异常克己之精神。实实在在在道德之修养上作歌这一件事，实即关于日本作歌之规则较之我过去写就所有的论文，实具有更大的兴趣。

选自《灵的日本》之《小诗歌》

花　栽

　　在夜晚的街上，尤其是在祭礼的夜间，常见群众聚集在小棚架的前面，非常沉默而感动似的在那儿瞻望着什么东西，我好容易也凑上去看了一下，原来他们看的不过是一些花的小枝儿，恐怕是刚刚切下来的几枝优美的花枝，装在寥寥的几只瓶里。那只是花的小玩意，或者更确切地说那是鲜花竞赛的免费展览会。本来日本人对于花是特别的爱好，不像我们半开化人似的把花朵儿残酷地拔取，把无意义的颜色集合起来作装饰。日本人对于花的自然之魅力，是能理会到其背景与装置的关系如何，叶与茎之关系如何，因此要使宛似在自然生长之情景中一般，仅选取一枝优美的枝头或小枝以供玩赏。最初那般不习惯的西洋人，对于此种展览会，也许毫不明了，因此关于这种欣赏，比之此间最普通的苦力们来，还不免有野蛮人之讥。但是西方诸君对于这种简单的小玩意觉得为什么会引起一般人的兴趣而认为不可思议时，那种爱好鲜花的魅力，便会自然而然地启发似的渐次浸润融会于脑际。那时，纵然有自命优越的西方观念的人也觉得以往在外国所看见的那种百花展览会不过是些丑怪物而已而耻于比拟。至于在花的后面竖立着白色或淡青色的屏风，在灯光掩映下是何等的美丽而引人入胜。这屏风是为了现出鲜花的美丽而特加配列的。而在这屏风上映着那小枝和花的清晰的影子，那种美丽，殆为西方装饰艺术家所想象不及。

选自《陌生日本的一瞥》之《神国之首都松江》